字
文 烛 未
 烛 未
TopBook

夜窗鬼谈

[日] 石川鸿斋

日本明治维新时期
著名汉学家石川鸿斋经典作品
脱胎于中国古典文言志怪小说

日本版"聊斋志异"
七福神，鬼字解，古寺怪，画美人

王新禧 校注

陕西新华出版
陕西人民出版社

图书在版编目（CIP）数据

夜窗鬼谈／（日）石川鸿斋著；王新禧校注．—西安．陕西人民出版社，2023.6
ISBN 978-7-224-14922-7

Ⅰ．①夜… Ⅱ．①石… ②王… Ⅲ．①短篇小说—小说集—日本—现代 Ⅳ．①I313.45

中国国家版本馆CIP数据核字（2023）第079388号

出 品 人：赵小峰
总 策 划：关　宁
出版统筹：韩　琳
策划编辑：王　倩
责任编辑：晏　藜
封面设计：白　剑

夜窗鬼谈
YECHUANG GUITAN

作　　者　［日］石川鸿斋
校　　注　王新禧
出版发行　陕西人民出版社
　　　　　（西安北大街147号　邮编：710003）
印　　刷　西安市建明工贸有限责任公司
开　　本　787毫米×1092毫米　32开　5.25印张
字　　数　92千字
版　　次　2023年6月第1版　2023年6月第1次印刷
书　　号　ISBN 978-7-224-14922-7
定　　价　25.00元

编者序

志怪小说在中国蔚为大观,查《中国神怪小说通史》《古代志怪小说鉴赏辞典》《历代志怪大观》等相关著作,并稽阅历代志怪传奇叙录与通论,归纳起来,洋洋洒洒近千部之多,从两汉至清代,脉络清晰,源流分明,资料齐全可观,形成了完整系统的中国志怪小说学。如此宏富如潮的著述,自然深刻影响到了明治维新前处处效仿学习中国的日本。故此,日本亦有为数不少的志怪作品,以读本小说、笔记、舞台剧等形式粉墨登场,这其中有一部分纯然以汉语文言文形式编著的小说,因其建构独特、寄寓清奇,颇为风行一时,惹人注目。受中国悠久宏渊的文化影响,朝鲜半岛、琉球、越南也都曾出现过此类汉文小说,汉字文化圈与儒家文化圈的双重身份,令这些作品无论在文体模式、人物塑造还是思想意蕴上,都尽量以既有的中国小说做范本,并竭力向之靠拢。因此,它们不仅在比较文学范畴中,更在古典小说的广义范畴内具有宝贵的价值与非凡的意义。集抒情述志、称道鬼神于一身的汉文志怪小说集《夜窗鬼谈》与

《东齐谐》，更是其中的佼佼者。

《夜窗鬼谈》与《东齐谐》其实是同一部书的上下册，其作者是日本明治时期著名汉学家、诗人、画家石川鸿斋。石川鸿斋，本名英，字君华，号鸿斋，通称英助，别称雪泥居士，1833年生于三河国丰桥一个商人家庭。其少年时师事著名儒学学者大田晴轩、西冈翠园，十八岁离乡游学，遍历日本各地。1858年返乡开办私塾，讲经述史。此后移居横滨，潜心著书立言，并一度在增上寺佛学校任汉文教师，又至中国考察拜师，回日本后与清朝公使人员诗咏唱和，往来密切。这一点从《东齐谐·比翼冢》一篇中，石川自述陪同清朝大使游览饮宴等事，即可管窥其豹。

石川鸿斋实乃广闻博识、通才多艺的饱学之士，汉学修养与诗歌、绘画造诣都极高。他一生著述等身，作品涵盖面颇广，1918年，当他以八十五岁高龄去世时，身后留下诸多皇皇巨著，主要有《日本外史纂论》十二卷、《文法详解》一册、《新撰日本字典》二册、《画法详论》三册、《诗法详论》二册、《书法详论》二册、《精注唐宋八大家文读本》十六册、《三体诗讲义》三卷、《日本八大家文读本》八卷、《点注五代史》八册、《点注十八史略》七册、《史记评林辑补》二十五册、《夜窗鬼谈》二卷、《花神谭》一册、《芝山一笑》一册、《鸿斋文钞》三册等等，共计五十余种。

其中《夜窗鬼谈》与《花神谭》，是他仿效中国志怪小说（特别是《聊斋志异》）所创作的带有浓郁日本本土"风味"的志怪作品，书成后风行一时，多次加印。

《夜窗鬼谈》由于篇目的写作时间有所间隔，上册发行五年后，下册才写毕印行，故而下册改称《东齐谐》，取袁枚《新齐谐》（即《子不语》）之气象，但在首页首行题写"东齐谐，一名夜窗鬼谈"字样。两部书分别刊印于明治二十二年（1889）九月、明治二十七年（1894）七月，皆由东阳堂印刷发行，带多幅精美石印插图。

因为刻意效仿、借鉴《聊斋志异》与《新齐谐》，且文笔、内涵确确实实颇得两部名著的神韵，所以《夜窗鬼谈》与《东齐谐》被誉为日本的《聊斋志异》与《子不语》，成为后来大行其道的怪谈作品的重要取材母源。譬如小泉八云、柳田国男、田中贡太郎等人，都或多或少地从中汲取过养分，并间接延伸了《夜窗鬼谈》的文学影响力。

尽管两书互为姊妹篇，但从"戏编"和"戏著"的署名方式上，能看出两者还是存在不少差别的。戏编的《夜窗鬼谈》多为石川以收集的前人著作和民间掌故为坯胎，剪裁、润色、编改、加工，二次发挥而成。而戏著的《东齐谐》则大多系石川原创的神鬼故事，也有些是利用既成的传统怪谈，改编为诙谐的笑话，博人一悦。中日两国的大学者，皆有著书立说之余，将一部分精力用于游戏笔墨的传统，石川亦然。《夜窗鬼谈》既是他调整心情、娱乐耳目的练笔结果，又是他用来"为童蒙缀字之一助"，为汉文学习者提供教材的实用范本。所以编著小说虽属"小道"，但他在此上头也倾注了大量心血。

从石川鸿斋整体著作所涉及的范畴我们可以看出，其治学与写作背景明显受到中国传统文化的深度影响。尽管以儒学家的身份纵谈玄幻，书写基调不可能完全脱离儒家裨益世风的要求，但他强调鬼神之理非世人可知，采取存而不究的态度，既不肯定亦不否定，在此框架下自行怀抱，熔炼阐释，闯出了一条别具一格的文路。编撰《夜窗鬼谈》时，他已年过半百，如非对中国志怪传统有着浓厚兴趣和深刻研究，绝难以白发苍颜之龄而致力于"怪力乱神"之事。多年游历中国的经历、长期苦读汉文典籍的用功，让他拥有了极高的汉学素养与汉文写作功底，所以《夜窗鬼谈》无论写人写景、叙事叙情，皆能做到构思巧妙、造句凝练、用笔明雅，同时在故事情节上亦有设想空灵、宛转动人之长，堪称日本汉文文学史上思想性、艺术性俱佳的杰作。

与《聊斋》相仿佛，《夜窗鬼谈》里的故事大致上可分为"谈鬼论神""日本民间传说""动物幻化成精""冥界仙境之想象"等类型，因作者身处明治维新的大变革时代，亦有少数篇章直接与西方近代科学对接，谈论天文、地质、物理等。这些篇章的素材来源，既有友人转述的生活记录、遨游天下博闻而得的奇妙轶事，又有乡野传说与寺社宗教画故事，更有不少取自前人书籍的材料，经吸收转化，收为己用。其"用传奇法而以志怪"，"去旧套，创新意，弃陈腐，演妙案"，借花妖鬼狐、奇人豪侠之事审视种种世态人情，有的歌颂男女间的真挚爱情，有的揭露文人的作风虚妄华而不实，有的昭示天道循环的至理，怪异诡谲，奇趣盎然，极富感染力与表现力，在明治时代脍炙人口，大放异彩。

不过因为作者本身社会地位较高，所以和纪晓岚一样，都缺乏蒲松龄那种寄托怀才不遇与"孤愤"情绪的积极抨击精神，谈虚无胜于言时事，作品讽刺性大为淡化。石川承袭纪晓岚笔记体写作之精神，一方面"昼长无事，追录见闻……时拈笔墨，姑以消遣岁月"，将自我的见闻、学识托付书中；另一方面又"大旨期不乖于风教"，以儒家思想作为文学底色，强调德行修养、因果报应，旨在教育、感化、警示世人，将自身的道德情操、创作旨归赋予斯作，"街谈巷议，或有益于劝惩"，最终达到因势利导、挽救世道人心的作用。

需要提及的是，两书中大部分篇目的末尾，皆有作者案语，或有题为"宠仙子曰"的评语，见解新颖独特，起到了较好的弥补原文、旁证详考的作用。但"宠仙子"到底是谁，目前由于中日两国都缺少相关资料，故无从确认。有学者推测"宠仙子"即石川鸿斋本人，但观其评述口吻，往往对石川之作持批判态度，有时甚至对篇中主旨加以否定，对神鬼之说讽刺质疑，相悖之处恐难言系石川自谴。是以"宠仙子"的真实身份，有相当概率应非作者本人。

这样一部颇能"追踪晋宋，不在唐人后乘"的经典志怪小说，在中国大陆却几乎不闻，实为憾事。故此，编者本着"拂明珠之尘，生宝玉之光"的信念，决意将之钩沉抉隐，以飨识者。此次校订出版，编者选择以日本国立国会图书馆所藏《夜窗鬼谈》与《东齐谐》为底本，逐字逐句认真核校。该馆本刻版清晰，句读明确，且无他本漏字、错字之谬，经综合比较考量后可称为最佳底本。鉴于作品系用文言文撰写，同时引征博杂，当代读者理解较为不易，故对较古奥词语及各类典故予以必要注释。凡异体字、错刻字、讹脱字等，一律径改于正文中，不再另出校记。不当谬误之处，敬请诸位方家不吝指正。

王新禧
序于福州

目录

1　　序

4　　凡例

5　　鬼字解

9　　哭鬼

13　　笑鬼

16　　瞰鬼

20　　贫乏神

24　　七福神

27　　花神

34　　奇缘

39　　卖醴女

41　　古寺怪

雷公	43
风伯	50
蛇妖(三则 附一戏话)	52
灶怪	57
鬼儿	58
祈得金	61
客舍见鬼	64
画美人	67
天狗说	72
大原维莲	75
仲兼刺怪	78
仲俊毙怪	79
兴福寺僧	82
奇笼	84
毛脚	85
山臊	88
罗汉	90

94	奇陶
97	源九郎
99	孤儿识父
101	狐诳酒肆
105	冥府
111	怨魂借体
116	河童
119	一目寺
121	辘轳首
124	大入道
126	惊狸
127	铁蕉精
129	髑髅
130	牡丹灯
136	高秀才
140	狸怪

宗像神祠	141
续黄粱	143
鬼神论（上）	151
鬼神论（下）	153

序

东坡在岭表,所与游者,亦不尽择,各随其人高下,谈谐放荡,不复为畛畦①。有不能谈者,则强之说鬼。② 于乎!坡公之贤,尚喜说鬼,子知信其事而喜之耶?抑亦如观演剧衒衍③,使人为之自娱者耶?颜鲁公、李邺侯、韩昌黎④诸子,皆好谈神怪,亦自为偃师,弄幻玩假,使人悲喜惊怪者

---

①畛畦:原意为田间小路,引申为界限、隔阂,又比喻诗文的常规或套路。
②从"东坡在岭表"至"则强之说鬼",原文来自中国宋代叶梦得所著《避暑录话》卷上:"子瞻在黄州及岭表,每旦起,不招客相与语,则必出而访客。所与游者,亦不尽择,各随其人高下,谈谐放荡,不复为畛畦。有不能谈者,则强之说鬼。"
③衒衍:乐人。
④颜鲁公、李邺侯、韩昌黎:分别指唐朝名臣、书法家、鲁郡公颜真卿;唐德宗时白衣宰相、邺县侯李泌;"唐宋八大家"之首、政治家、昌黎伯韩愈。

耶？盖说怪乱，古亦不少，独孔子不语焉。左氏传经①，屡载神怪。后之修史者，莫不说神述怪，使人疑且惑。而如稗史小说，莫不一涉神怪。顾缘人情所好而然乎！

凡说奇谈怪者，多系传闻，叩其遭遇者，或渺茫荒惑，无可准者矣。而众犬应声，以蚓为蛇，以蛇为龙；三人成虎，遂至特书，传于后世。此所以世间多奇谈怪说也。蒲留仙书《志异》，其徒闻之，四方寄奇谈；袁随园编《新齐谐》②，知己朋友，争贻怪闻，于是修其文、饰其语，至绚烂伟丽，可喜可爱。而有计算相违，事理不合者，不复自辩解焉，读者亦不咎焉。游戏之笔，固为描风镂影，不可以正理论也。然亦自有劝惩诚意，聊足以警戒世，是以为识者所赏，不可与《水浒》《西游》同日而语也。

余壮年环游四方，每闻一奇事、一怪谈，必书以贮之。间有关世教者，非复可弃也。夫教诲人，自有方，从其所好导之，其感亦自速。若以所不好诱之，徒费辞而终无益尔。余修斯编，欲投其所好，循循然导之正路，且杂以诙谑，欲

----

①左氏传经：左丘明注解《春秋经》。
②袁随园：清中叶诗人、散文家、美食家袁枚，号随园主人。其著有笔记小说集《子不语》（又名《新齐谐》），与蒲松龄（字留仙）的《聊斋志异》、纪昀（字晓岚）的《阅微草堂笔记》，并称清代三大志怪名著。

使读者不倦，且为童蒙缀字之一助也。稿成，东阳堂主人刻之，又使都门画工图之，以上石版，浓淡致密，不误毫厘，亦足以为画学之一助。呜呼！余也使人说，又自润色谈之，虽不能入圣门，而不见斥坡公之坐者乎！

      明治二十二年春仲，鸿斋居士石英志

净几明窗又友谁，陈编束阁任心披。
兢兢业业非吾事，暖暖姝姝①足自怡。

著述争仆千古债，雕虫徒费十年思。
羞他睍睆②黄鹂啭，不似先生佶屈辞。

        鸿斋居士石英显

---

①暖暖姝姝：出自《庄子·徐无鬼》，沾沾自喜的模样。
②睍睆：出自《诗经·邶风·凯风》，形容鸟色美好或鸟声清和宛转。

凡　例

　　斯编多系传闻，其真伪固不可证，而有装饰者，有省略者，不必如所闻。如人名大约系假设，厌显本名也。

　　古谈或改更原文，今稍事润色之，欲使童蒙学汉文者仅识熟语耳。但熟语无古例者，有自创之，或非俗称不通者，不强用汉例，为易解易晓也。

　　如诙谑之谈，有自述者，如《笑鬼》《哭鬼》是也。虽出于游戏，以劝惩为主，请勿蔑视。篇中又载自论，或补原文，或绳疑惑。但匆卒之作，未加推敲，冀看官正其误谬，幸甚。

鬼字解

鬼之与夜叉相混久矣。《易》曰:"与鬼神合其吉凶。"《礼》曰:"鬼神以为徒。"孔子曰:"非其鬼而祭之,谄也。""未能事人,焉能事鬼。"是所谓敬鬼神之鬼也。列御寇曰:"精神离形,各归其真,故谓之鬼。鬼,归也,归其真宅。"① 王充亦曰:"人死精神升天,骸骨归土,故谓之鬼。"② 古以鬼神为一物,单曰鬼者,亦神之谓也。后世分鬼神为二,阳魂为神,阴魄为鬼。或曰:"气伸者为神,屈者为鬼。"宋儒为鬼神二气良能,或为鬼者阴之灵,神者阳之灵。③ 鬼神之说古今不同如此。但死者谓之鬼,古之通称

---

①出自《列子·天瑞篇》。
②出自《论衡·论死篇》。王充,东汉思想家、哲学家、教育家,《论衡》是其无神论思想的代表作。
③指朱熹为《中庸》作注之言:"张子曰:'鬼神者,二气之良能也。'愚谓以二气言,则鬼者阴之灵也,神者阳之灵也。"

夜窓鬼談

也。如左氏所谓新鬼、故鬼及若敖氏之鬼①是也。然可惧可恶、暴恶猛勇者亦曰鬼。高宗伐鬼方②，是指夷狄也；《山海经》鬼国，是谓远夷也。本邦亦呼山贼为鬼，如铃鹿、大江山之鬼③是也。其他至草木野蔬器物等，以鬼名者，不可胜数也。宋王钦若、丁谓等五人同恶，时人目为五鬼。④南宋胡颖每见淫祠毁之，人谓胡打鬼。⑤本邦加藤清正伐朝鲜，鲜人谓之鬼上官；柴田胜家呼为鬼柴田；佐久间玄蕃呼为鬼玄蕃。⑥见《地狱变相图》阎罗之下吏亦谓之鬼，其形额生双角，口露两牙，蛇眼狮鼻，手足皆三指，裸身青赤，着虎皮之裤。唐明皇梦钟馗，乃命吴子图像，传之后世。其所捕小鬼，亦与阎罗之吏相同。翻译名义，夜叉，此云勇

---

①若敖氏之鬼：指春秋时楚国的若敖氏，因叛乱而被灭族。《左传·宣公四年》："鬼犹求食，若敖氏之鬼，不其馁尔？"

②"鬼方"：商周时居于中国西北方的少数民族，商帝武丁曾对其发动大规模的讨伐战争。《周易·既济》载："高宗伐鬼方，三年克之。"

③"铃鹿之鬼"：平安时代的鬼女铃鹿御前，后来被武将坂上田村麻吕收服；"大江山之鬼"：以大江山为根据地袭扰京都的恶鬼酒吞童子，后被大将军源赖光率"赖光四天王"斩杀。

④五鬼：宋真宗时，大臣王钦若、丁谓、陈彭年、刘承规、林特五人互相勾结，行为诡秘，时人讽为"五鬼用事"。

⑤胡颖，字叔献，南宋潭州人，为人正直刚毅，《宋史》记其"性不喜邪佞，尤恶言神异，所至毁淫祠数千区，以正风俗"。时人皆谓"胡打鬼"。

⑥加藤清正、柴田胜家、佐久间玄蕃，皆为日本战国时代末期著名武将。佐久间玄蕃是柴田胜家的外甥佐久间盛政，官位玄蕃允。日本武将如果武勇过人，远超同侪，往往被呼为"鬼某某"。

健，亦云暴恶。今之称鬼者则夜叉也。然而以夜叉为鬼，未必由佛经。王符说龙曰："角似鹿，眼似鬼。"① 《述异记》："小虞山有鬼女，一产十鬼，朝产之，暮食之。"② 此与鬼方、鬼国之鬼同。夫鬼者，死后之名也，祭则为神，不祭为鬼。释氏之死为佛，佛亦鬼也，此不可以鬼方、鬼国之鬼解也。世或云妒妇为鬼，额生角、口及耳，谣曲《道成寺》葵上等鬼女是也。余曰："此妇若堕地狱，则为阎罗之吏刑戮罪人者，非乘于火车、烹于锅中者。"或云："极恶之人临死期，显鬼相，是必堕地狱。若果堕地狱，乃牵车操戈，当炉磨舂者，非寻常罪人之比也。"是以鬼与夜叉相混。为此说，说地狱者，不甄别之，何也？东方朔《神异经》有以鬼为饭者，近日乐莲裳《耳食录》有卖鬼为业者，是亦非钟馗所捕之鬼类，又非阿鼻等活狱吏也。为饭者唅死者，幽魂飘游宇宙也；为业者捕人魂，凭依鸟兽也。古人用鬼字多矣，不必一定。余著《鬼谈》，故先解鬼字告之。

著者志

---

①王符：东汉政论家、文学家、思想家，著有《潜夫论》。"眼似鬼"有考据认为应为"眼似兔"。
②《述异记》是南朝梁文学家、地理学家、藏书家任昉所著的杂记小说。此语出自该书卷上："南海小虞山中有鬼母，能产天、地、鬼。一产十鬼，朝产之，暮食之，今苍梧有鬼姑神是也。"

哭 鬼

石子夜读书,有突如来者,苍颜白发,伛偻如折,踞几前而泣。余愕然,瞠目叱曰:"何物痴叟,更深闯入书房,盍告姓名。"叟挥泪曰:"余鬼也,非人。先生下帷读书,继晷焚膏,研穷古典,以诱导后进,一以喜之,一以悲之。今偶悲之,不图放声,妨先生之业,请宥恕焉。"

余曰:"何以悲之?"曰:"昔仓颉作字,天雨粟,鬼夜哭。盖雨粟者,使无产者得食也。古者地广人少,一夫一妇,耕百亩之田,尚有五亩之宅焉。后世地有限,而人繁殖,虽欲为农,不可得也。故士治人、工制器、商贾贸易得利,不堪力役者为文吏,或教民之不学者,以仰给米,此所以雨粟也。上古结绳纪年、传语为碑,人亦有天禀之智,医药卜筮,不学而略识之,犹禽兽生而自求食、知药毒而养生尔。及圣人出,以相生相养之道教之,粟米蔬肉、宫室丝麻，莫不皆备焉。于是作文字记事，使传之学之，至于万世不朽不灭，而天禀之智渐减矣。天业与人以文字，智在其中，与文字之外，不复与智也。故学焉者得人之为人，不学焉者不得人之为人。世学焉者少，而不学焉者多矣，此我辈所以哭而不止也。先生今究诸氏百家之书，驰古骋今，阐幽显微，所著述殆等身。每一书脱稿，良工刊之，商贾鬻①之；天下书生，喜新睹，争购之，未阕半帙，东阁没埃，竭毕生之力，干瘦神衰，毫无所益于世。不如耕半亩之地，种芜菁，助蔬食之为益也。是一为天下书生悲，一又为先生悲也。"

余曰："叟误矣。方今西洋各国之学行，自天文历术、医药器械，至饮食衣服、商贾贸易，穷精尽微，莫不臻其极。虽蜗涎蟹行之字，记事传言，复以为足矣，岂用浮靡雕绘佶屈聱牙②之文哉！如余辈，既后于恒人者，剽窃陈编，徒甘糟粕，固知无用乎世，尚守旧株，汩没古书者，以无所用于他也。夫穿窗取明者，必用空处，而柱楹雕镂，无益于明；开户纳凉者，必去帷障，而锦绣彩绘，无益于凉。今也舍无用，取有用，世不知无厓之为用也。余待无用之为用

---

①鬻：贩卖。
②佶屈聱牙：出自韩愈《昌黎集·进学解》，形容文字艰涩生僻，拗口难懂。

者,故不悲也。"鬼曰:"吁!先生之迂且戆也,知其一而未知其二者。夫甲者驾车走远,乙者岂可曳杖继之哉!丙者帆船渡水,丁者岂可浮筏棹之哉!与邻国交,相互择其良善者做之,此交易人智也。先生坐而待者,劣于曳杖浮筏者远矣,况引绳批根①,与人绝交乎!恐墓木虽拱,不得为用时也。余为先生益悲之。"

忽有一鬼,赭发白面,眼陷鼻尖,着胡服,立灯下,啾啾饮泣。余惊视曰:"尔亦鬼耶?何以悲叹?"鬼曰:"余亦为先生哭者。昔本邦传儒学也,百济王仁②赍《论语》《千文》,譬之花,是时始破蕾也。至延喜、承平③,放萼吐蕊,传芳乎天下,后复久衰。至于德川氏时,宋学大行,韩苏④之文盛开。及于宽政、文化、天保、嘉永⑤之际,香气芬馥,几将驾唐宋,猗欤⑥盛矣!今又欧洲之学行,将开瓣,

---

①引绳批根:引绳,牵拉绳索;批根,排斥。此词比喻合力排斥异己。
②据《古事记》载,应神天皇在位时,百济王子派遣王仁携《论语》十卷、《千字文》一卷,于公元285年渡海赴日本传播儒家思想。然而《千字文》在王仁赴日时尚未定稿,故而此说在史界存疑。
③延喜:为日本醍醐天皇年号,时在公元901年至923年。承平:朱雀天皇年号,时在公元931年至938年。
④韩苏:韩愈与苏轼。
⑤宽政、文化、天保、嘉永:均为江户幕府掌权时期的天皇年号,时间跨度从1789年到1853年。
⑥猗欤:叹词,表示赞美。

于是天下书生负笈来都，择师就学。初学汉籍，转学洋籍，或入英、或入佛、入米、入独①。又学言语，未几学法律、学医道、学穷理、学算术、学簿记、学农工，仅期三五年所学及数项，退曰：'我卒某课，我卒某业。'而叩其腹笥，或有枵然②无一所获者焉。谚曰：'不捕虻，又不掬蜂者，终无为而止矣。'世间如此者，十为八九，此余所以悲哭也。先生亦以多年所蕴蓄，欲倾囊授诸后进。而后进所志，皆涉多端，不有如先生偏且固株守一方者也。此亦所以为先生悲泣流涕也。"言讫，歔歔哭，声彻耳底，遽然觉，是南柯之一梦也。时残灯欲灭，片月射牖，候虫③唧唧，如助鬼哭。

宠仙子曰："籍鬼以述自己感慨，言本漆园④，文学昌黎，雄丽奇恣，所谓空中造楼阁手段。"

---

①此处"佛"指法兰西，"米"指美利坚，"独"指德意志。
②枵然：虚大。
③候虫：随季节而生或发出鸣声的昆虫。
④漆园：指庄子。因庄子曾在蒙邑中为漆园吏，主督漆事。

笑　鬼

　　墨水东岸，为府下胜地，暮春之候，百花烂漫，争妍恣娇。流风文雅之士，间构别业栖遁者多矣。长命寺畔有华仙者，年过耳顺，甚健康，一妾一仆，有孙，甫八岁。平生嗜酒，又好吟咏，以为消闲之具。

　　偶樱花盛开，一夕，折简招友，分韵觅句，以为文字之饮。时春月朦胧，花香万室，飞觞倾罇，诩诩谈笑，玉山欲倒，杯盘狼藉。客有梅仙者，谓众曰："墨陀之花，年年厌眼，来春将探梅于月濑，观樱于岚山，又游于芳野，诸君有与余同志者否乎？"有竹仙者，拍掌曰："余亦夙有此志，恨未得同气相求者，请与往。闻南萨樱花，浓红异他，且早于畿内，宜先到镇西，观梅于太宰府，历游肥萨，归路游于和州。"有松仙者，咳一咳曰："余所志少异。尝闻曰者之言，明年西塞矣。待三岁，将游于清国，观罗浮、孤山之梅，看西蜀之海棠，睹洛阳之牡丹，觋西湖之莲，适遇解海锁之时，火船日来往，清与我仅距十日程，与到岚山、芳野无相异耳。"主人进膝曰："余年未杖于国，恨孙独幼，今待十年娶妻，尔后欲航海，历观他州。初到上海，探江南之胜，舟路达天津，游于顺天，北见长城；再驾舰抵印度，拜释尊古迹，直到欧洲，一览英佛都府。想一周地球，不过三岁也。诸君盍与余同意？"咸曰："此举极好。"赞称不已，与共为约，乃洗杯荐饮焉。

忽闻梁上有吓然笑者，众佥讶焉。主人勃然怒曰："何者半夜窥室中，妄嘲笑清谈，非偷儿则狐狸。"笑者曰："余鬼也。偶听诸君之谈，虽欲弗笑，不堪捧腹，不觉发声，惊诸君，幸恕其辜。谚云：'言来年之事，为鬼所笑。'诸君不独言来年之事，复言十余年后之事。人生泡沫，如风前之灯，有朝而无夕。爰约来年，矧数年之后乎！此余所以开口失笑也。且诸君各以仙为号，想信列子、葛洪之寓言者，言世有仙人，食不死之药，寿与山石无穷。然如金母①、木公②、铁枴虾蟆者，不闻存于世；秦皇、汉武，尽天下之力，欲以求蓬莱瀛洲之仙药，终无获而已。迷梦未醒，李唐天子为金丹殒命者数君，仙之无有固明矣。纵有

---

①此处原书有夹注：西王母。
②此处原书有夹注：赤松子。

之,美衣腴食、暗中戕性之徒,非可得而修也。谚云:'人者病囊也。'夫疾病不期而到者,强壮亦不可恃也,且病多自口入。诸君不脱俗而以仙名焉,抱病囊而频餐酒食,名实相反,言行与非,是余所以笑而绝倒也。"主人茫然不能答,众皆默尔不言。

少焉,东方既白,群鸦过屋,一鸦止窗外,视众啼曰:"哑呆!哑呆!"

瞰　鬼

东京人家稠密，地租尤贵，构屋者多作层楼。有一巨商，新造三层高厦，叠砖为壁，铸铜为屋，宷桷扂楔①，尽择良材；窗棂檐栏，具极雕画。帷屏榻卓②之属，皆拟洋风；华缾③暖炉、时辰盘、玻璃灯之属，尽善尽美，最竞新规高价之品。竣功之日，集亲族朋友及工匠之徒，大开盛宴，既卜昼，又卜夜，华灯煜煜，明及四邻。主人倦，实不胜杯杓④，凭栏迎凉。

有物不审其形，如向主吹气。主人初甚讶之，把烛照之，竟无所见，以为猫儿将窃食也，返坐默尔，如有所思。

---

①宷：屋梁；桷：屋椽；扂：门闩；楔：门两旁长木柱。此处原书错将"扂"刻为"店"。

②卓：通"桌"。

③华缾：花瓶。

④杯杓：借指饮酒。

客荐杯曰："何郁陶不娱，请发一唱。"主人俄然命婢曰："堂上稍觉寂索，遽招艺妓百指来；肴核①稍少，命厨人尚使割新鲜。"于是弦歌沸腾，客皆脱衣而踊。婢仆金怪，主人平素悭吝，今日何如此骄泰也？有物又向一客吹气，主人见之，又照烛索之，无踪迹矣。主人意忌之。客勃然骂曰："偶筑屋设宴，何不竭敬客之仪？肉皆腐矣，酒亦浊矣，弦声聒耳，灯火遮眼，堂宇如圆盘，运转使人烦恼。"忽把磁盘②掷主，误伤其额。主人大怒："汝老饕尚为不足耶？不足即啖之。"坚拳批颊，众遮之。再以罇击之，齿折唇破，晕厥而倒。客皆怒，乱拳击主。主有膂力，狂跃与众斗，碎皿毁盘，覆火炉、折灯台，欢娱之筵，变为斗争之场。忽有巡吏尽拘之，数月不决，以主伤客，出金赎之。其妻叹夫之见拘，恼神而病，累月不起。其子伺父不在家，流连妓院不还，遂购一妇，邻坊构宅居焉。偶输货物于他邦，船遭飓风转覆，沉没数千金。佣夫偷金逃亡，小厮窃衣食而去。自是家产日衰，亡几，巨室为他人之有矣。

有一老仆，叹主家衰灭，将挽回旧业。闻东台山下有术者，能知将来，所言如指掌，则往问之。术者曰："余盛会之夜，偶过其门，见一鬼自牖入，是谓瞰鬼。高明之家，鬼

---

①肴核：肉类和果类食品。
②磁盘：瓷盘。

瞰其室是也。既一为鬼所瞰，虽迟速不同，不衰且灭者少。夫人生各有天分，过分必招祸，欲全必缺，所谓人世缺陷世界也。物安可全乎？古之人为屋，不成三瓦而陈之①，惧完全也。今之人得势则胜天，不知天定而胜人也。闻欧洲富豪，造屋皆用坚牢不燃之质，三层或五层，及七层八层。至于人力所极止，而灾厄之多，以英之龙动②为最。欧人精于物理，而未知物理之外别有微妙天理也。子不见高野大师③筑堂之法乎，门楼殿宇，都嫌崇高；栾桷檐栏，亦去雕绘。而千岁之久，免灾厄，巍然存者，顺天理修造焉也。如彼东寺④，屡罹兵燹，然于大师之堂遂不损一瓦，修造得宜也。明历之灾⑤，幕府亡五层城楼，新井白石⑥献议，遂不再造焉。虽将军之家，不世世生全福之人也。主与室不称，则招

---

①出自《史记·龟策列传》："物安可全乎？天尚不全。故室为屋，不成三瓦而陈之。"
②龙动：即英国首都伦敦。
③高野大师：指日本真言宗开山祖师弘法大师，通晓土木工程。高野山是真言宗的本山。
④东寺：位于京都罗城门东面，823年被嵯峨天皇赐予弘法大师，弘法大师以此为道场弘法。千百年来，东寺屡遭火焚、地震、雷击、兵祸，各堂各殿各楼各院各门均反复毁坏，唯有本尊弘法大师之堂无损。
⑤日本明历三年正月十八（1657年3月2日），江户发生特大火灾，全城三分之二烧成灰烬。
⑥新井白石（1657~1725）：日本江户时代政治家、诗人、儒学学者，第六代将军德川纲丰的文学侍臣。

祸之本，况贾人得一时暴富，欲居室饮食与王侯贵人同等乎！不惧天理，不省吾身，为鬼所瞰，亦宜哉！子还劝主，卜一矮陋之居，专节俭，宗勉强，不贪多利，不欺来客，又应复先业。若行反之，不能再出于世。"

仆唯唯而退，与主谋，如术者之言，数年之后复旧云。

夫德有吉有凶，吉人为吉德，凶人为凶德。鬼亦然，吉鬼护吉人，凶鬼助凶人。然凶不胜吉，吉鬼所护，凶鬼不得瞰之。阿房之宫，望仙之阁，非吉鬼所栖息也。

贫乏神

尾之名古屋，繁华亚三都，俗皆竞奢恣，常耽游乐。有绢商某，家饶于财，仆婢数十口，世守节俭，唯好古器。时设茶宴招客，复不甚费财也。

一日，被招贵族某氏之会。氏颇富器物，饮食亦列山海之珍，某频感赏焉。后将答礼，恨无与氏相抗之器。适京师老骨董之东都，途访某。某曰："余欲答一贵族，苦家无名器，子之所携何等器？"曰："唯有三种：一为印度窑青釉茶锺[1]，系小堀远州侯[2]

---

[1]此处原书有夹注：俗曰"青井户"。按："锺"是一种量器，肚大颈口小，可存放酒水、食物。另外亦可指酒杯、茶碗。
[2]小堀远州侯：指日本远州流茶道创始人、造园大师小堀正一（1579~1647）。因官任远州守，故被称作"远州侯"。

貧乏神

所爱玩；一为利休①手作竹匕；一为吕宋窑茶壶，系宗旦②所爱。价皆数百金，盖稀世之珍也。"某流涎不禁，乃尽购之。老骨董不到东都而归。某于是新筑茶室，治庭园，奇石异树、水盘灯龛之属，皆以多金求之。

结构已成，卜日，招某氏。佳肴珍味，皆难获之品也，某氏大赏赞焉，以为一乡谈柄。寻招诸友，日开盛宴，友人亦答之，互斗器物，互夸奇珍。人求成化磁盘，敌之以宣德铜盘；人获子昂③画马，对之以东坡墨竹。窳碗败瓶、横披竖幅之类，满座堆室。万金之产，为之蔑如。其妻患之，屡加谏。某大怒，遂设事去妻，购一妓于热田驿为妾。妾亦能弦，性好演戏，爱一优倡，赠衣服金钱，或招家为演，鼓版喧阗，颇聒四邻。是以家事一切委用人，无自顾虑。

岁将暮，贮蓄为罄，欲使老仆授简借金于友人。到焉，其人不在家，待久，渐得答书归。日既昏，误途，入小径，忽逢一老夫，憔悴枯槁，垢巾裹头、蓝褛缠身，把破扇、携竹杖，跟然跐步。仆进而问路，老夫曰："余亦时到某乡某氏者，幸与子同行。"仆怪问曰："叟以何故到某氏？"曰："余

---

①利休：指日本一代茶圣千利休（1522~1591）。创立茶道千家流，其"和、敬、清、寂"的茶道思想对日本茶道发展影响深远。
②宗旦：指利休之孙千宗旦（1578~1658），宗旦流茶道创始人。
③子昂：指元代大书法家、画家赵孟頫，字子昂。其画艺全面，尤擅画马，代表作有《浴马图》。

贫神也。某氏数世为福神所护,顷耽茶事,迫良妻、招优倡、事逸乐,福神渐去,邪鬼随而集。今也衰灭在近,故我行促之也。余近时甚鞅掌①,大约遣下属管理之。然大家之衰,非我自行,不能速也。大凡世间耽奢恣、破家产者,皆我党之人。得飘零与我同,则我社之荣也。若转志悔过,遂失其人,故欲我行守之也。"仆悚然惧,已到熟路,匆匆辞而归。乃述报呈答书,又具言途所逢之事。某嗤曰:"汝亦为狐狸所惑,世岂有贫神者哉!供酒馔招福神,福神遂不来,况不招贫神,何以得来?"不散为意也。

自是益衰,终卖宅鬻田,落魄无所寄。尚有行基②烧巨碗、役小角③古杖,则携之,立知己之门曰:"乞有延喜通宝,赐一钱。"

昔宋郑景璧有好古癖,所藏秦汉遗器,尽为兵燹没。后有赠古铜鸠杖与酒器者,则携之,徜徉山水,独酌为娱云。呜呼!顽癖之不可医,不死则不止,可嗤夫!

---

①鞅掌:事多无暇整理仪容,比喻职事纷扰繁忙。
②行基:日本奈良时代高僧,常巡游诸国化缘,教化民众,被称为"行基菩萨"。
③役小角:日本修验道开山鼻祖,在般若窟苦修,最终得道。是日本传说中最初的"仙人"。《东齐谐》有《役小角》篇详叙。

七福神

中古有称七福神者，不知其所由来，然市人以为商贾喜神，岁首及甲子日必祀焉。其乌帽素袍，右手执长竿，左手抱红鬣鱼，辗然坐岩上者，为惠比须三郎；其头巾胡服，把木槌、脊布囊，吓然立于米囤上者，为摩迦罗大黑天；其云鬟华饰，绣衣璀璨，艳姿闲雅，手弹琵琶者，为辩才天女；傍有老僧，大腹便便，脱袈裟、倚巨囊，怡然听曲者，散圣布袋和尚也；其长头短躯，缚黄卷于竹杖，持仙桃一颗，莞尔爱鹤者，为南极寿星；葛巾道服，拥藜杖、抚白鹿者，为北极寿星；金鍪铁甲，右手把长戟，左手捧宝塔，巍然孤立者，为毘沙门天王也。尝闻此七神常居七宝之宫殿，住珠玉之楼阁，或闲行市中，游戏衢衕，欲使世之贫者为福者。故世间贪鄙之人，列俎豆①、设精馔，百拜稽首，以徼幸福。

酒肆某使画工描之，供萝卜两岐与棘鬣三尺②，焚香点灯祈福频。忽梦福神，携槌与囊，告某曰："汝祈神徼财甚切。福神主财，不吝与人，人不能得之也。孔子不言乎：'富与贵，是人之所欲也，不以其道得之，不处也。'③ 所谓'其道'者无他术，以仁义忠孝为行，以勉强耐忍为务，以廉直恭谦修之、以质素俭约守之，而敬上恤下，厚亲族朋友，怜贫民茕独，薄利欲不为欺，宗正路不行伪，财神常守护，可以与多福矣。世人不知修斯道，奢恣暴行，饱肆贪欲，欲夺羁客④之囊橐、拔奔马之眸子，而自惧其穷困，阴奉财神，欲以获奇福。吁，亦何其愚也！孟轲所谓缘木而求鱼者，安有得之之理哉！夫福神者，常贮福不妄与人，故得为福神。若听所请，尽授人，福神忽为贫神矣。且天下之人闻福神授福，则无不请求者。若使应之，充其溪壑，使金银如土泥不足也。人能以其道求之，虽欲不授，不能也。"言讫，徐徐而去。

---

①俎豆：古代祭祀、宴飨时盛食物用的礼器，后引申为祭祀和崇奉之意。

②此处原书有夹注：二物祀惠比须神、大黑天供物。

③出自《论语·里仁》：子曰："富与贵，是人之所欲也，不以其道得之，不处也；贫与贱，是人之所恶也，不以其道得之，不去也。"

④羁客：旅客。

某梦觉，恍然而悟。自是奉梦里示教，大饶其产，为大福长者云。

宠仙子曰："七福者三国之人，想狡僧所集，使俗人喜已。文本《西园雅集》，祭祀之法，亦儒者口吻。"

花　神

　　平春香，洛之书生也。弱冠游于东都，入于某氏塾，潇洒逸雅，才学超众。尝养微恙族某家，病瘥，时属暮春，将观樱花于小金井，夙起轻装，裹粮携瓢行。盖小金井为玉川上流，两岸植樱，树皆合抱，单瓣稠密，不知几千株。过保谷桥、梶野桥，以小金井桥为极。都下雅客，花时卜霁，曳筇①飞轿，颇极杂沓。堤之左右，民家零星，唯有开茅店、沽浊醪，或鬻香鱼鸡卵及笋蕨等者已。

　　春香生亦就一小店，借榻倾瓢，乘醉徘徊，殆如在白云中，左眷右顾，不知斜日入西嶂也。既而晚风骤起，落花缭乱，群客四散，啼鸟归坰。生独坐花下沉吟，急把笔书红笺云：

---

①曳筇：拄着竹杖。

夜窓鬼談

不厌珠河长路艰,寻芳尽日醉花间。

山风一阵天将暮,恋着娇姿不忍还。

香云簇白万樱围,金井桥头月影微。

懊杀夜风鸣树杪,飞花历乱点征衣。

遂系低枝去。时已昏矣,纤月裁照,径路太艰①,行未数步,误途入反径,纡余屈曲,足亦甚惫。

忽有丫鬟,丰姿绰约,年可十二三,殷勤对生曰:"主公待君久矣,请枉步来。"生怪之曰:"余始来此,未有知己也,不知主公何人?"曰:"君去自知。主公曰:'平君今迷途,汝邀之。'"生以为塾中之人,或寓此地,遂从丫鬟往。涧水潆洄,临流构门,幽致闲雅,樱花殊多。乃启扉入,一雏鬟把烛而迎。逾阃②二三,室宇洁清,画以樱花,银烛辉煌,华毯夺目,铜瓶金炉,芬馥满室。匾书"华胥窟"三字,左右有金联云:

春窗一觉风流梦,却是同衾不得知。

疏瘦精妍,不知为何人书,盖李商隐诗也。少焉,宫样妇人冉冉启帐而出,婀娜艳丽,年未及笄。裳衣淡红,皆绣落花,海棠含雨、芙蓉出水,不足喻也。生视而茫然,以为非

---

①太:非常。
②逾阃:跨过门槛。

月中姮娥，则巫山神女，何以幽栖此边乡。

女嫣然拜生曰："适辱嘉惠，欣喜曷胜。妾本生于和州，得势家宠遇，住此别墅。无几，公捐馆①，多年寡居，常友山水而已。不图蒙君之爱怜，足聊慰郁闷，虽欲表芹忱，鄙乡荒陬，惭无旨酒适都人口腹，幸藏花露一壶，请恕其不腆。"乃命婢陈列酒肴，金罇玉盘，粲映一室。

生不知所对，如醉如醒，心旌摇摇，不能自主也。丫鬟侑杯，才饮半，香气馝馞，味如甘露，浑身爽然，忽忘疲惫。不觉倾数杯，渐入佳境，颊晕红潮，谈笑寝狎。女乃吟生所作两诗，琅琅清澈，声如出于金石。生亦见床上有筝，频请一曲。女不辞，乃和谐低声弹之，洋洋习习，扬白雪，发清角，或如崇山峨峨，或如流波汤汤，于是相与乐甚。莲漏报二更，玉山将颓，女曰："夜已迟矣，不厌芜陋，他室设衾枕，请一宿焉。"生谢其厚意，丫鬟乃携手入室。生戏谓女曰："君久守孤枕，得无只鸾之叹耶？"女微笑曰："读书之人，为使嫠妇②扰操乎？"翻手拍生之背。生哂曰："树有连理，花岂无并蒂哉！"言讫登床，锦衾温柔，绕以六曲

---

①捐馆：有身份者死亡的委婉说法。"捐"指放弃，"馆"指官邸。
②嫠妇：丈夫不在的孤身少妇。

屏，短檠①照房，金猊②吐烟。将睡，女乃着白绫寝衣、缠深红长裈，徐入衾来，曰："由君之厚意，将解孤鸳之恨，君得无言意相反耶？"生喜出望外，遂相拥，备极缱绻。既而凛风刺肤，东方将白，遽然梦觉，屋宇全无，只卧樱树下耳。生惊，追思畴昔，恍在眼中，徜徉久之，怅然取故道而归。

生不能忘，越三日，再抵小金井，落葩乱点。既过半，依旧憩茶肆，待夜蹀躞③树下，遂不见其居，冷气侵肌，夜籁鸣梢耳。自是年年俟花候往，樱树之外无所见矣。居数年，偶父罹重病，飞简招生。生惊骇，将理装归洛。时属晚秋，此夜梦独抵小金井庄，柴门篱落，苔封路埋。推户登堂，阒无人影，蜘蛛结网，蟋蟀鸣床，床头挂幅云：

旧事参差梦，新程迤逦秋。

故人如见忆，时到寺东楼。

盖杜牧别沈处士诗也。吟读久之，觉来甚讶。其翌归洛阳，无几父殁。生继家，袭父职。

---

①檠：灯架、烛台，此处借指灯。
②金猊：传说中龙所生九子之一，形如狮，喜烟好坐，其形象一般出现在香炉上，吞烟吐雾。此处借指香炉。李清照有词《凤凰台上忆吹箫·香冷金猊》。
③蹀躞：小步走路。

明春三月，卜暇日，与友人赏花东山。花下拾一金环，上雕"华"字，以为是妇人指头之宝，恨不得其主，怀之去。过圆山，登某阿弥之楼，团坐连嚼。日渐暮，邻房有女客三四名，喋喋甚聒。一人曰："今日之乐，实一年好愉快也。惜阿娘失指环已。"娘子曰："指环不足惜，但雕我名者，为他人之有，是可惜乜。"生隔障闻之，密呼婢女曰："娘子名不言华耶？"曰："然。"生喜，突入其室，曰："阿娘所遗金环，得非此乎？"老婢见而喜，乃示娘子，娘子见生赧然，俯首谢厚意。生始睹娘子，年不足二九，艳丽婀娜，丰采亦似梦里佳人。生于是魂销心醉，不能启口语言。老婢亦殷勤述礼，侑盏供肴。娘子亦见生之标致，心中甚喜，审问居所姓名。生初不告，老婢亦强问之，因告之，且洗盏反①娘子。娘子又以巨杯荐生，殆如旧相识。友人促生，遂告别反坐，相与带醉归。

　　翌，老婢伴奴寻生来，谢以绉绢及糕。生坚辞不收，愈强愈辞，反出茶果飨之，且问："娘子族贯及字否？"老婢曰："家本某寺士族，兄弟三人，女唯一人已。今春十七，屡有求婚者，皆辞而不许。曰女巧之外，读书弹琴耳。尝幼时与母诣清水观世音赏花，过音羽瀑下，狂风一阵，撒水飞

---

①反，通"返"。

石，娘子颠倒晕绝石磴之下。乃入一茶肆，含水与药，不苏，母大叹。忽有一老僧，破笠草鞋，携锡来，怜娘子危厄，乃以念珠抚之，豁然开眼，渐得苏焉。母大喜，拜僧，以为观音大士假显形救之，叩头谢恩。僧又授红笺曰：'是女之夫所书也，他年有逢，以此为证。'言了去。自是娘子益敏惠，如琴曲，无师所得也。及长，容貌鲜妍，不妆常有香气。母与娘子密求其夫，以故不敢嫁于他也。昨酒楼上始逢君，归来告母颠末，且喜君厚意，慕其风采，君岂非其人耶？"生惊，又怪其奇偶，因出一笺书樱花旧作曰："以此照娘子所得，或有相符者。"老婢怀笺而去，即呈娘子。娘子一见曰："是我之夫也。"告母，母大喜，乃告父兄，以媒结婚。琴瑟能合，一家殊睦。生后问娘子遇僧之日，则游于小金井花下梦女之年也。生北面武士①某子也。

是友人松涛生为余谈，二诗本国歌也，译为七绝，勿咎其拙。若以是等诗，不能使花神感也。花神若喜是等诗，厚遇焉，三春之月，将不暇应接。

  宽仙子曰："以假为真，神凭人而遂情。末段以观世音为媒，示生与花神有宿缘也。"

---

  ①北面武士：白河天皇退位为上皇，改称"白河院"后，为防备政敌，保护自己，组建了一支称为"北面武士"的武装力量，在院御所担任警卫。

奇　缘

深川有木商某，家颇富，年过四十无子。其妻叹之，屡浴温泉，三岁始举一女子，夫妻殊宠，掌中之珠不啻也，名曰珠。年及破瓜①，颜如舜花，不粉而丽，但左颈有小黑子耳。性亦怜慧，读书习字，皆出等辈。其他舞踊弦歌、插花点茶之技，大约熟之。将择良婿赘于家，未得其人也。

西邻有林某，借子舍居焉，本越藩之士。父子有故去乡，仅授句读，卖卜筮糊口。父殁，子未弱冠，尚学于父继业，且吹尺八②，近邻少年又有学焉者。林生丰度超逸，有威不猛，衣服虽不佳，自然标致，如玉树临风。珠女窃见之，意酷慕，以其善尺八，欲与琴合奏，告母迎家，二人合

---

①破瓜：谓十六岁。瓜字分开为"八八"两字，二八得十六。
②尺八：本为中国江苏一带的竹制吹管乐器，唐初传入日本，用于宫廷雅乐，后以佛教法器的形式传播普及。但在中国却已几近失传。

曲，比翼谐音、鸳鸯同情，听者莫不感叹焉。父亦好木野狐之戏①，而不甚工，一日谈及之，生亦能之，俱对局挑。生酌量其意，输赢相半，父以为得好敌手矣。

珠女自与生相亲，心猿始狂，寤寐不能忘。生亦知其意，每奏曲，通相如娆文君之情②。女窃喜，秋波潋滟，颜涨红潮，而未得其间也。偶夫妻诣身延山，女喜得好期，密谋之婢。婢往生之居，恳述娘子之意，约以三更。乃偷钥，开后房之扃，遂延生于内闱，缱绻一旬，漆胶匡离。婢女之外，无有知者矣。既而夫妻归，至于绝途去梯，珠女郁闷不自胜。一夜，攀庭树逾墙，来林氏户外，低声呼生。生亦百计欲入内房，不得其便，兀坐运策。忽听女声，急开户，女裸跣单衣，兢兢入室，泣曰："父母议婚，冰人频奔走，君怜妾，请共奔他乡。"生诺，则期以某夜。

既而户外有人，父与仆突然来入，拉女而去。前是父密察珠女动作异于常，诘婢问故，婢伪不知，诘仆，仆少知之，且以有妒，假饰告之。父欲严戒之，沉思不寐，窃窥女之室，月光入窗，灯火既灭，意酷讶之，照烛入室，空褥而已。乃起仆搜之，杳不见其人，则窥林氏之户，户外认有遗

---

①木野狐之戏：对弈围棋。
②西汉时，才子司马相如拜会卓王孙，席间以一曲《凤求凰》琴挑卓王孙之女卓文君。卓文君领会，夜奔相如，成就一段佳话。

笄，推而入中，女果而在。遂禁锢一室，不许寸步出户外，生亦不能居焉，去而住浅草。女闻生之去，恋慕不止，卧不能睡，食不下喉。父母大忧，养病于别野，或伴于演戏游观之场慰之，或浴箱根、热海温泉驱疾，然遂不瘳①。母悲之，欲密探林氏之踪迹，扛赘于家，而不知其寓也。病岁余，医疗尽手，祷神乞佛，毫无其验，以十有七岁夭矣。

生转居之后，业不甚行，属携竿钓于墨水。一日天暮，收竿将归，堤上忽逢珠女。生大喜，先祝其无恙。女恻然曰："君去之后，父让婢追之，妾亦卧病。母愍恤妾，密索君所在，不可知。妾欲往婢家搜君，幸遇于此，请伴妾去。"生诺，遂携手归寓，燧火点灯，女已去矣，家徒四壁，无所索，生大怪焉。翌日，访故居邻妪，问女之安否？始闻其死，悲甚，慨然有脱世之志，遂入于一月寺为优婆塞。

勤务多年，又吹彼尺八，漫游诸国，遍历五畿②西国。归途过甲③，入山中失途，日已昏，践履太疲，遥认火光，渐往求宿。槁席地炉，设钩烧土锅，主人年四十有余，虎须

---

①不瘳：疾病不愈。
②古日本在律令制下划分为六十六国。"五畿"指京畿区域内的山城国、大和国、河内国、和泉国、摄津国。
③甲：指日本东海道甲斐国，俗称甲州，境内多山。

狼瞳，容貌甚狰狞，谢以僻壤无餐。生惟请借庭隅休疲，主人许之，而言语甚傲慢，自夸勇，凌蔑人，家无农具，又无猎具，藏兵器二三而已。有女才十四五，动作颇敏捷，乃添薪于炉，熟荞麦荐之，设寝具卧客别室，主人携刀而去。少顷，女潜告生曰："客误来此，宜遽去。"生曰："主人何为者？"曰："贼也，久病伤，囊亦罄。今夕邻村开赌场，欲往而得捷，若取败，恐不利于客。"生大骇，将理装遁走，而不熟前路。女曰："我家在武之秩父①，一夜，贼来索财，适父殁，些金皆用葬具，无有贮钱，遂夺我去，将以为奇货。又剽客见伤，伤稍痊，欲携我卖于花街。我泣而拒之，苛责谝诳，无所不至。我命亦在旦夕，愿携我而奔，捷径粗相熟。"生怜之，与偕走。时半月出峡，流云全霁，隘径崎岖，榛莽伤肤，行仅三里余。天明，出于郡内，乃佣舆急行，渐臻女之家。

母失女之后，日夜泣涕，饭粒不入口。忽见女与客来，喜跃欲狂，具问其来由。请生留家，殷勤飨酒饭。女则洗垢理发，换衣侍生，容貌丽雅，恍似珠女。谛视②左颈，亦有小墨子。生甚讶之，因问母曰："娘子酷似我所知之女，不知东都有缘族否？"母熟视生曰："君非林君耶？"生愕曰：

---

①武之秩父：指东海道武藏国秩父郡。
②谛视：仔细察看。

"何以知之?"母泫然曰:"妾深川某氏之婢也,为君谋珠娘之媒者。事露之后,妾亦见斥,未半月得嫁此,翌年生此女,以容貌似珠娘,又名玉。及长,言语动作莫毫异于珠娘,今亦为林君所救,岂非宿世之缘乎!"生屈指已十五年矣,又问其生日,曰:"某月某日。"生又惊曰:"是逢珠娘于墨堤之日也。"母曰:"业有此奇缘,妾之家有薄田二顷、桑圃若干,年有余盈,足以备水旱。君不厌隘陋,愿赘于此。"生以与女年稍隔,谢之,母不可。居焉月余,偶王政复古,朝廷汰普化宗①,废所谓虚无僧者。村中亦置小学,请生使教授村童。里正亦爱其谨笃,媒使赘女家。母大喜,琴瑟克合,伉俪殊笃。无几,生一子,家自是富。

生每珠娘忌辰,必吹尺八供之,盖普化之为宗,以尺八诵经也。

宠仙子曰:"此一段以国文译之,加以藻饰,可以为后卷稗史。若复为演剧,可以充一日之观。"

---

①普化宗:普化宗是日本临济宗的一个支派,以中国唐朝时普化禅师为鼻祖,又称为"虚无宗",以"明暗双打,虚无吹箫"为宗旨。江户时代,普化宗成为只有武士才能修行的宗派。明治四年(1871),普化宗被废止。

卖醴女

江商某,岁岁来东都,途过函山,日将西,颇觉疲惫,路傍有鬻醴①店,乃借榻小憩焉。女主年十八九,姿容皎美,殷勤慰客,盛醴荐之,秋波含情,为佻客心。商意荡然,不觉倾数杯,曰:"娘子妙龄,独在山中当垆②。千金之姿,徒埋于僻陬,仅谋蝇头之利,甚可惜,盍来都乘玉舆③。"女曰:"妾亦夙有此意,独有老母不许,荏苒送岁月。今母既殁矣,无兄无弟,孤影落魄,仅继旧业,糊口而已。客若不弃鄙陋,请携去,冀备洒扫之用。"言讫,欷歔流涕。商抚其背曰:"娘子莫惨,我必使卿厌衣食、饶资财。"女渐抬首拭泪曰:"倘如客言,其恩宜如何报?"因誓神为约。商

---

①鬻醴:卖甜酒。
②当垆:对着酒垆,指卖酒。
③此处原书有夹注:俗谚女虽无氏乘玉舆。

曰："卿家何在？"曰："距此才数百武①，不厌芜秽，请来一宿焉。妾亦治行李，与偕去。"遂携手入树林，茅舍欲倾，床朽壁破，仅不过容膝耳。傍立席屏，女曰："母死实未葬，明日堀地埋之。客请少劳手叾，如此老屋固不足惜，但都下佳丽巢窟，如妾丑陋，恐忽遭秋扇之叹②。"商曰："余亡妻，鳏居三年，今幸得卿。卿不厌余之粗蠢，终身偕老耳，勿复烦虑。"女喜无限，且曰："偶留良人，惭无供晚餐，少坐，往邻村沽酒与肴来。"乃携坛去。商待多时不来，时皓月漏轩，室中如昼。商不堪闲，窃瞰屏内死人，银发种种，鼻高眼陷，口大齿露，容貌狞恶，恰如夜叉。商意甚怕，退坐室隅。少顷，死人进头数寸，商愕然，不觉退数寸；死人又进数寸，商又退数寸；死人忽喷嚏，进尺余，商惧，出户外，颠然坠崖下，岩角伤背，眼眩气绝。

天明，有樵夫视而怜之，按胸下少有暖气，急开口饮水，与药抚之，渐得苏焉。回顾老树荫森，溪流临前，幸不溺水，仅得全性命。厚谢樵夫，佣驾而还。

> 宽仙子曰："呜呼！老狐诳人，其术虽狡犹浅；美人迷人，不甚猾，而其害不可测。男儿贪色者，不可不慎也。"

---

①武：古代距离单位。六尺为步，半步为武。
②秋扇之叹：秋凉后扇子就被抛弃不用，比喻妇女遭丈夫遗弃，后多用来形容女子失宠。

古寺怪

信州①筑摩郡,每丰岁,或为演戏。有优人中村某,应聘,率子弟往。村中无客舍,村外有一废寺,颇宏壮,多年无守僧,渐属颓败,乃扫壒尘、芟草莱②,设寝具宿焉。

中村氏与妻儿卧佛龛之傍,桌上置檠点灯,围以六曲屏,余皆在他室。夜半,风漏壁,寂索不能眠。饥鼠走梁间,野狐叫窗外,优人皆生长于繁华杂沓之地者,不惯山野萧寞之地,以故愈不能眠。忽见灯火摇动,变为青色,有一白手,自壁间出,长数尺,细如弓,欲翻掌灭灯,夫妻愕然,被衾见之。少顷,灯已灭矣。中村氏发声呼子弟,子弟亦不眠,闻声皆集。乃具话所见,皆曰:"此寺必有怪,故无住僧。村人无情,使吾曹宿此怪宅,请待明移他。"相共商量,团坐暖

---

①信州:指东山道信浓国,俗称信州。
②草莱:杂生的草。《南史·孔珪传》:"门庭之内,草莱不翦。"

酒无肴，一人曰："堂后有姜圃，采以为下物。"佥曰："妙。"乃点烛索锄，数人往而堀之，根皆缠头发，将去之，鲜血淋漓，腥不可胜。众皆骇然，弃而去。就井汲水，繘①皆缠发，瓶亦赢，不汲而罢。中村氏将上厕，偶患痔漏秘结，难快通。一人把烛侍厕外，不堪其久，置烛而去。厕窗对荒园，古坟累累，白芒靡风。时弦月倾轩，树色朦胧，一老翁伛偻从墓间出，徐步窥一室，曰："客不在此。"又窥浴室，曰："客不在此。"乃窥厕，伸颈数尺，莞尔而笑曰："客在于此，客在于此。"欲吐舌舐，氏晕绝而倒。众往出厕，喷水含药，天明渐苏。

翌日，与村人商，转宿于一农家。村中少年欲绝怪，各操弓铳，芟草伐树，以索巢窟，遂无所得焉。

---

①繘：井上汲水的绳索。

雷　公

其一：

铁先生，水府人。壮年辞官，携家居于筑波山下，教授其乡。天资崛强，正直行行焉，毫不谄于人。五亩之宅、二顷之田，足以养数口。年四十有余，事母至孝，二儿幺么①，一女未嫁。平生对人，专重礼让，清静寡欲，喜怒不形色，是以乡人呼"铁先生"。母七十有余，明窗事纺绩②。

时春夏之际，庭树覆屋，新梢遮牖，先生梯树伐之，误堕于地，伤肋昏绝。一家周章，招医含药，手足已冷，胸下少有暖气而已。先生不甚觉苦痛，开眼飘飘然在云中，身轻如鸿毛，四边模糊，不可复辨东西。忽有一吏，携手而走，疾如风，瞬间过一楼门，直至厅前。吏大呼曰："铁先生来

---

①幺么：幼小。
②纺绩："纺"指纺丝，"绩"指绩麻，把丝麻等纤维纺成纱或线。

夜窗鬼谈

矣。"一官人记名上申，小顷，一高官出，修礼曰："先生来何早？"铁曰："此为何地？"曰："天府也。先生有阴德，故得来此。"铁惊曰："然则我死者耶？"曰："然。"铁叹曰："我死不足悲，独有老母，儿皆幼，妻亦病，我今死，谁养母者？虽人寿有定数，仅一坠而死，何其薄命也。"因发声泣。又有一官人呼铁先生者，举首视之，旧友田某者，相见互述别情，田氏又授一纸辞令书，读之，有为雷公之命。铁叹曰："我死而事天宫，诚所荣也。但有老母，不终孝尽养为憾。愿夺三儿之命，赐我一纪①之寿，全子道而后得死，则无恨矣。且若雷公，臣所不熟，请谅察焉。"田氏沉思久之曰："若命数，后与诸官有所议。今日常总之间行雨，偶欠一雷公，宜奉命。但雷者阴阳相激之声，行二气者，群卒之任也。激声多寡，亦自有定数，使役之者为雷公，卒若违令则加罚。请往而见之，自有所熟知。"言讫，出殿阶，命下吏整队。忽有驷车使铁驾之，相从者数十人，建旗张盖，鼓噪出门，疾行数十里，直入云中，咫尺不可见。车轮之下，电光忽闪，霹雳发声，辘辘轰轰，贯耳遮目，纵横驰驱，任御者走。少焉，电光已收，雷声渐止，一吏恭跪曰："某地折树几株，人畜不害；某乡损屋几所，五

---

①一纪：古代天文学认为岁星（木星）绕地球一周约需12年，故古称12年为一纪。

谷不灾；某村不孝子某震杀之，请奏之。"车中有纸笔，悉书之归厅。风伯雨师电母皆来，具奏所行，官人领而收之。田氏又出曰："以先生曩①所请奏于皇上，乃召阎罗使捡簿，尚有二纪焉。向巡吏卒尔拉先生来，今日可返故乡。"铁大喜，拜，将退厅，田氏窃告曰："先生归家，尚宜积德修善，不必止二纪，又不必为雷公。若占天上高官之贵位，寿数无量，快乐不可道，非人间王侯之比也。"铁喜，唯唯而退。一吏导而出门，如白絮周身，飘飘乎瞬时下降，从云间望之，筑波、荒川、霞浦诸胜，历历在眼下。不觉破云而堕，开眼即在床，急呼母。母大喜，妻儿围绕，皆喜其苏生，稍觉肋骨痛苦，旬日而愈。闻是日激雷迅烈，邻村某者为雷所击，其他折树损屋，皆如所录。铁自是益修善事，赈贫恤孤，或架桥梁、修堤路，媒嫁娶二十余人、教子弟数百人。保寿八十有余，二纪之外，尚得十余年矣。

案：画工图雷，汉时业已有之，王充《论衡》载图雷之状，一力士，左手引连鼓，右手推椎，若击之状。其意以为雷声隆隆者，连鼓相扣击之意也。其魄然若敝裂者，椎所击之声也。今人所画复少异，一夜叉双角裸身，着虎皮犊鼻裈②，脊累累连鼓，两手执椎击

---

①曩：以往，从前。
②犊鼻裈：省略作"犊鼻"，短裤之意。

之，安于浅草寺门是也。若塑像而来精神，世所谓雷公者，亦不无也。

其二：

天帝使电母促雷公曰："下界久旱，民祈膏雨，雨师风伯已命之，盍往而击鼓？"雷公曰："谨领命。"乃着虎皮犊鼻裈，脊累累连鼓。其子请与共往，父喜，则使脊平时所玩小鼓，又着猫皮之裈。儿曰："何以异裈？"父曰："汝未弱冠，故用猫皮。成长之后，应与父同。"儿唯唯，偕跨云往。电母在前启袖，飞光闪烁；雷公击鼓，鼟鼟鼞鼞，其子效之扣小鼓，填填坎坎，驰驱奔走。其子误趋云端，滚然坠于千里薮林，偶猛虎午睡，闻声而觉，瞋眼一吼，直欲噬其子。子大叫曰："大人疾来，犊鼻裈恼儿。"

其三：

江之琵琶湖，一碧万顷，风景冠于天下。江户豪商某与数人，历观京摄，归路买舟过湖上，暗云乍起，迅雷骤轰，巨浪排空，舟将掀舞。众皆悚然，颜无生色。忽闻霹雳一声如裂帛，有物落于水中。俄顷，风止波平，十里如熨。熟视一鼓泛于水上，众皆以为是雷公所遗也，既而从云中欲下钩取之，鼓半出水、半入水，右辗左转，弗能获也。大津画工

夜窓鬼談

遥见之,急图以传于四方,大津绘①中《雷公钩鼓图》是也。舟中诸客见而笑之,雷公羞恨流汗,欲伸右手取之,鼓漂然来舟下。舟中人怜其劳,取而捧焉。雷公大喜,问其姓名,曰:"樱川善孝"。问其业,曰:"帮闲也②。"

---

①大津绘:浮世绘之一支,又称"鸟羽绘",约在江户时代于京都与大津中间地带所产生的民间绘画形式。其笔法简略,设色单纯,画风以戏谑为主。
②此处原书有夹注:帮闲俗曰"太鼓持"。

风　伯

　　一丈夫蓝面枯瘦，携大布囊，立于云中者，则风伯也。少弛囊口，爽风迸出，拂拂剪剪，去暑生凉，颇快胸襟。若大开其口，浏浏耽耽，扬尘飞沙，如怒涛，如激浪，折树倒屋，崩山倾海，五谷为之不能熟，人畜为之有殒命，其为害不可测也。

　　一日，奔走四方，尽囊而归，天已暮，腹亦枵，欲入一酒肆饮食。主人曰："连日烈风，无鱼肉，无蔬菜，酒亦罄矣，不能供客。"风伯不得已去。又入一酒店，主人曰："暴风破屋，为碎酒罂①，不能为业，请他日重来。"风伯饥渴甚逼，喟然叹曰："嗟乎！风之为害，一至此哉！"去过山间，有一茅舍，户外揭酒牌，乃推户入，矮陋污秽，舆

---

①酒罂：酒瓶。

丁①马夫所休憩也。主人曰:"敝屋在树间,赖免风害,但有酒,无下物,仅有腌鱼与熟卵耳。"主人乃暖酒炙鱼。风伯饮半盏,味甚辛烈,如拨舌割喉,骇然蹙颔曰:"酒味酷烈,不当饮。"主人笑曰:"我家贱夫野人所集,非酒价廉者不喜也。设欲饮美酝,宜就他舍沽,寒家不蓄也。"风伯曰:"如此酒尚有名否?"曰:"酒家所制焉,无名哉!但俗曰:'鬼杀尔'。"风伯愕然。偶其妻就炉煎药,药气入鼻孔,风伯愈骇,走出户外。主人怒骂曰:"客饮酒盍偿价?"曰:"我非忘也,偶闻恶臭,头痛目眩,故避之,不知细君所烹何物?"主人曰:"昨夜被犯风邪,频发咳嗽,故煎葛根汤,将使发汗去邪热也。"风伯不顾而去。

---

①舆丁:轿夫。

蛇妖（三则　附一戏话）

其一：

豆州韭山下，有神官某，娶妻甚美，宠遇优渥，琴瑟克谐，常在深窗，虽亲戚相见甚罕。一日，溽暑难堪，妻迎凉午睡。庭园接山，树木繁茂，有一巨蛇长八九尺，缠妻腰下，半身入于裈中。某视而怒，欲拔刀斩之，惭为虫类秽刀，乃叱曰："何物妖蛇，妄犯我妇，不速去，绝汝性命。"蛇如惭如畏，吐舌熟视妇颜，徐徐出室去。妇亦遽然觉，某曰："午睡中梦何等事？"妇赧然曰："有狡童青衣彩裤，伴妾入山中，逼戏妾。妾欲逃，五体如缚。已欲见辱，偶君携兵来，童惧遁走，妾亦觉矣。"翌朝，有小蛇数头，欲连连入室。某以棍棒击之，蛇不去。忽有数百头，皆举首对抗某。最后有巨蛇，长丈余，腹如罇，开口瞋眼，直欲啮某。

某素有胆力,徐对蛇曰:"汝畴昔犯我妇,罪当大辟①,以匪人类,我许之,厌污刀也。今又募党,欲夺我妇耶?抑亦仇视我耶?我不负尔,尔负我何甚也!凡天地之间,以人为贵,蛇固贱矣。蛇与人不同类,以匪类欲求耦②,何其误也。"蛇低首收舌,若有所思。某又曰:"速去!速去!若踌躇不去,或有抗于我,我亦集同族,赭山③平巢,尽驱丑类,无有孑遗矣。"蛇逡巡而退,终不再来。

呜呼!蛇亦经数年,则解人语,又能辨邪正。今人而不能解圣贤之语,且不能辨理与非者,皆劣于蛇蝎者,毋乃不耻于匪类乎?

宠仙子曰:"人不喜匪类,匪类之不喜人固明矣。独怪蛇蝎在山林,与人不交,何以解人语?若不幸不解人语,恐不免害欤!昔韩退之作文驱鳄鱼④,鳄鱼幸识字;若鳄鱼而不学,退之之文百篇书之,亦画饼耳。"

---

①大辟:砍头。隋后泛指死刑。
②耦:同"偶"。
③赭山:伐尽山上的树木。
④韩退之:韩愈,字退之,被贬为潮州刺史后,曾写下有名的《祭鳄鱼文》,消除当地的鳄鱼之患。

其二：

天保①年间，法华僧日教，客寓越后②某寺。主僧新任，喜客，厚遇焉。一日，与日教弈棋，时溽暑酷热，启窗纳凉，庭园数亩，多骈匾石为径，灌水除尘，颇添风趣。忽有蓝蛇，仅尺余，旋转一石数回，遂蟠石上，见主僧吐舌，如石下有物而呵护之。主僧讶之，直掷棋奁之盖，中其颈，蛇惊去矣。

适一徒弟，午睡厨间，俄然大叫而起。主僧怪之，唤问其故？曰："弟子梦游于好山，徜徉多时，酷爱其风景，有一磐石，坐眺望四方，忽有一僧，从空中来，以木板大如车轮者抛我，不堪其痛，不觉发声。"言讫，两腋汗沥，气喘未止。主僧厉声曰："汝事前主多年，前主死后，必有所赃蓄，宜速忏悔，以谢其罪。不然，不俟死而堕畜生道。"徒弟曰："无毫所私蓄。""若然，庭中匾石下所藏何物？"徒弟愕然叩头曰："弟事先师七年于兹，檀越为弟所布施，未敢费一钱，欲他年以充衣服之资，惧人之掠夺，窃埋于匾石之下。尊师天眼，争得韬晦。"乃把锄拨掘，果有二十余金。主僧曰："汝精魂已作蓝蛇，日护其金，汝形为人，而神则蛇矣。虽欲得佛果，不可得也。宜以其金遍历诸国，读

---

①天保：日本仁孝天皇年号，时在1830年至1844年。
②越后：指北陆道越后国，亦称越州。

经拜佛，灭却罪恶。余亦助其费。"乃又赠数金。日教在坐，与金若干。即日理行李，告别而去。

僧日观为余言。

其三：

东海道吉田驿，以翻绞缅长袖招客有名，今尚多娼妓。有木公楼者，其妻本南势歌妓，性酷獟悍；有妹又为娼，性颇懒惰，以故姊妹不甚和，动辄以鞭挞呵责。一夕侍宴，被酒舞踊，乱发裸身，颇露丑态。姊怒，攫发拌一室，坚拳连批。妹忿恨，走投井。众皆惊，佣人救之，气息已绝矣。既而葬之，祀木主①于家，有小蛇蟠于牌前，抬首欲啮人。姊怒，捕弃于空壕，固锁其龛。明朝，启扉供饷，蛇又蟠于牌前。如此数日，去之又来，杀之又生，遂不能除焉。越七日，姊展其墓，墓上又有蟠蛇，欲开口啮姊。姊畏而归，亡几病热，昼夜号叫，曰："蛇缠颈，请去之。""蛇啮胸，请除之。"谛视，身边无一物，医药无效。病期年，以妹投井之日殁，蛇从是不来。

附：

古有优婆塞安珍者，尝过纪州，为日高氏之女清姬者所

---

①木主：牌位。

慕，以其碍戒行，逃入道成寺下巨钟匿躲。姬追踪至日高川，呼舟，舟子不肯而去。姬恨，遂跃入水中，变为蛇，直抵道成寺，环旋巨钟，钟镕化与共死，今犹演以传焉。

高野有雏僧，标致优美，将到都，逆旅①少女见，喜之，将缱绻不离。僧厌之，逃过日高川，赁舟登前岸。少女果追来，欲渡无舟，趑趄逡巡，遂跃入水中，变为小蛇，溯流洄来。僧骇，走入道成寺，欲请寺僧下钟，钟大不可下。寺僧曰："君躯干甚小，宜倒水瓮，匿于其中。"僧如教。忽有小蛇，登钟楼索之，亡其人。佛殿深房、廊庑浴室，无所不至，最后见厨下倒瓮，始知有其人。环旋二三次，畏缩不动，少顷，鳞脱肉烂，腐败而毙。众怪觑之，数个蛞蝓，黏着瓮下。

----

①逆旅：客舍、旅店。

灶　怪

　　嘉永年间,长州①萩戎街有贩豆腐者,夫早殁,其妻剃发为尼,守寡继旧业。家素贫,无子又无族,陋室三间,赁而居焉。既而年老,罹病而死。邻人相集,市什具为葬费,无有余财矣。

　　骨董商某,买其灶,携来置之家隅。其夜,把烛如厕,有老尼出首于灶中,皱面枯瘦,眼陷齿豁,似延颈窥四边,见火光,忽入灶中。某初以为眼花也,少间,再见之,尼首在灶户,莞尔而笑。某惊,照烛检之,有古灰少许耳。明朝,减价转卖同业者。买者见怪如前,及于五六家。有一人怜于理者,以廉价买之,窃毁碎其土,土中有瓦匮,纳金若干,盖此妇终身所贮,藏匿灶土,以防盗难也。乃与初买灶者商,请僧读经,悉布施之,怪从是绝矣。

---

①长州:指江户幕府时期的长州藩,又称毛利藩、萩藩,位于本州岛最西端。

鬼　儿

　　江户神田，有夜夜出街头卖糁面者，名甚兵，好酒，家酷贫，年过半百，妻早亡。有一女，姿容丽妍，能事父。岁将莫①，叹父苦于负债，欲沉身于花街，以救其穷。父察其勤苦，踌躇不决。偶罹病，卧褥数旬，灶不能扬火，而财主日促。不得已，约卖女于吉原某楼。病少痊，乃携女抵吉原，纳券得五十金，踉跄归家，夜已二更矣。途过藏前，时凛风裂肤，琼花②扑面，欲被酒取暖，入一酒肆。甚兵素与肆主相熟，然知其贫窭，不多与酒。甚兵告主以卖女之故，主亦愍之，且察其有金，使任意过量。甚兵大叹，拥炉倾数碗，乃偿价去，醉步蹒跚，不觉积雪没屦也。

　　肆主将锁户，收酒具，其妻见有财囊，窃匿之。少顷，

---

①莫："暮"的古字。
②此处指雪花。

有敲户者，问之，甚兵也。曰："向遗财囊，恐在炉边。"乃开户入内，照烛搜索，遂无有焉。妻曰："君醉甚，恐得非遗路上乎？夜深人少，或为雪所埋，照火索之。"乃贷①提灯。甚兵谢其厚意，行索路上，固无有焉，遂叹薄命，投水而死。酒肆之妻窃出金示夫，曰："妾实匿之，多年不得小康，徒羡人之富贵，幸获数金，是天之所与也。盍偿负债，殖产业？"夫亦然之。

自是，家渐富，遂至积千金。而夫妇忧无子，祈神佛求之。年过四十，妻始生一子，生而不甚泣，未三月，齿尽生，宣发皱面，恍似甚兵。周岁能步，不欲与他儿同游，日碎器物，破帷障，或把笔涂抹账簿，使不可读，夫妻甚苦之。一日，妻缝衣，认蓝缕中有甚兵财囊，儿喜玩之，自至庭盛沙石示母曰："有金五十两，请购求美衣。"母愕然，呼夫告之。夫恶之，怒批之。儿大叫，狂暴不可制。不得已，缚手足，使卧褥，发热如火，流汗濡褥，急招医诊之。医亦不能药，而号叫益甚。入夜，四邻不能睡。夜半，一声如哮，额上生肉角，长寸余，巨口圆眼，面如夜叉。妻大惊，频呼其夫。夫视而不言，将杀之。儿释缚，跃上母膝，探乳啮之。母绝倒，血流淋漓，口尚不离。父大忿，坚拳击

---

①贷：出借。

之,儿渐放,向父曰:"汝窃金之事,忘乎否?"直欲啮其喉。父极力伏之膝下,乃呼厮养操铁法马①,任力连击,气息渐绝。翌,密葬之。

妻病伤累月,夜夜每发热,则曰:"甚兵来矣!甚兵脑②我!"夫照烛索之,茫乎不可见,唯一团阴火飘然出窗。病半年,脑苦殁矣,家亦寝衰,屡遭盗难,亡几,遂为他人之有。古语所谓:"货悖而入者,亦悖而出。"岂不信乎!

林屋某所话。

---

①法马:砝码。
②脑:同"恼"。

祈得金

远州①无间山，古有巨刹，寺僧募施铸钟，一民家之妇，喜舍所爱妆镜，后意甚吝。及钟成，镜不熔化，妇耻之，终没水而死。临没誓曰："若有撞破此钟者，授以万金。"贫鄙之人屡来任力撞之，寺僧厌之，遂埋深溪云。

俗说有梶原景季②之妾梅枝者，为救夫之急，欲得三百金，无术可施，乃拟水盘于钟击之。有客怜其诚心，从楼上掷金与之。事传，演戏儿女皆能识之。

大井川边有豪农，数世悭吝，家积巨万，近邻皆恶其不仁。或曰："其祖撞无间山之钟，得暴富者矣。"

---

①远州：指东海道远江国，俗称远州，因境内的滨名湖又称"远之淡海"而得名。
②梶原景季（1162~1200）：镰仓前期关东名将，身高七尺，面如冠玉。曾在"强渡宇治川"和"一之谷会战"中立下大功，被平家武士称为"厉鬼景季"。

有一子名富生，生于富家，不知货财之贵。及年长，日耽酒色，或游花街，散财如泥土；或为赌博，一掷输千金。及父母没，愈恣其志，常与恶友交，自为魁首，亲族厌之，无与胥齿者。未及十年，田宅资财为荡尽矣，遂依岳父，仅借废宅，与妻居焉。不能负重，不能耨田，为人所佣，裁得数钱糊口耳。寒暑唯蓝缕，酒酱不入口、馆粥不饱腹，甑中积尘，贫亦极矣。窃以为彼无间山梵钟，虽埋地中，往祈之，或得无应乎！即夜到埋钟处，祝曰："我欲撞破钟求大福，而钟今在深溪，假以土块拟钟，我今碎斋之。神若有灵，效彼梅枝女之例，惠我以多金。"叩头百拜，祝讫将返。忽有一妇人，从树间出，呼生曰："汝所愿我纳之，所乞亦甚易耳，随我来金库。"乃相伴下山，行里余，渐到库前，开钥入中，金银山积，光辉眩眼。妇曰："汝携巨囊否？"曰："无。"妇曰："幸有两桶，皆盛金，请持之去。"生大喜，俯伏万谢，遂担桶还。十步一憩，四更渐抵家。叩户呼妻，妻揩眼出迎。生曰："我祈神获金，富将复昔时。"乃捧桶入室，误踬于阈①，倒桶于床下。妻携灯见之，粪汁流溢，臭不可胜。生大惊，尚见一桶相同耳。

尝读《聊斋志异》，有与此相似事。滨州一秀才曾

---

①误踬于阈：不慎被门槛绊倒。

与狐仙亲，乞给金钱，乃与入密室。钱从梁间下，广大之舍，约积三四尺，欲取用之，皆为乌有。秀才失望，颇怼其诳。狐仙曰："我本与君文字交，不谋与君作贼。便如秀才，只合寻梁上君子交，我不能承命。"遂拂衣去。① 夫金钱者，本人造之物，非神仙所有，而不求诸人，反欲求于神，神岂与夺人间金钱者哉！

---

①见《聊斋志异·卷四·雨钱》。

客舍见鬼

余弱冠，数过东海道，阻雨鞠子驿，偶与刈谷士渡边某同宿，意气投合，颇慰无聊。翌日，河水落，相偕东行，抵吉原驿。日暮，宿一客舍，家颇广壮，而婢仆甚少。时属晚夏，夜尚苦热，隔庭有巨室，稍觉清凉。是地濒海，富鱼介，棘鬣铅垂①，精窗涨腻②，共倾数酌，剧谈大笑，傍若无人。夜二更，微雨，暑气少衰，快不可言，乃同帐而卧。余太醉，就枕，不复知前后也。渡边氏辗转不眠，夜半唤余曰："有贼，请起。"余骇觉："贼何在？"曰："已去矣。"曰："何不捕？"曰："少妇也，初来帐外，嫣然窥帐中，以为婢女加灯膏也。熟视颜容，与婢异。又思娼妓僭来荐欢者。余伪不见而卧，少焉，灯将消，少妇又窥帐中，想必是

---

①棘鬣铅垂："棘鬣"是鱼名；"铅垂"即线坠，引申为垂钓。
②涨腻：涨起脂膏。

客舍见鬼

贼，觇其熟睡，欲夺物也。余咳一咳，瞋目视之，女遂去矣。"余闻甚怪，妇而贼，岂窥室哂者哉？恐娼妓欲延一客也。又就眠。

天明，起而頮①。婢供朝飨，因问婢曰："此家有娼否？"曰："无。客有所见耶？"曰："然。昨夜有少妇屡窥帐中，非娼则贼也。偶不睡，他不得下手，幸免难矣。"婢曰："恐非贼也。"曰："然则为何者？"婢笑而不言，余辈亦不强问焉。

既而行里余，憩于一茶肆，共话前宵之事。老婆当炉坐，蹙頞曰："客非宿于某家乎？"曰："然。"婆曰："流言果不虚，客所见鬼也。"渡边氏愕然曰："何以为鬼？"曰："某家有一娼，久患霉，不能接客，主人以为惰，屡苛责之。娼不堪其酷，自啮舌而死，怨魂为鬼，夜夜显貌恼主，婢仆怖皆去。有客则出诉冤，无客则在室悲泣，夜来啾啾，家人皆闻其声。客偶宿于此，以故见之耳。"氏闻而毛孔粟立，始知其为鬼也。惜余酣醉，不见其鬼，不能审形容。期年，又过吉原，其家已废矣。

---

①頮：洗脸。

画美人

藤子华，幕下士也。父在显职，华未仕，读书于青山别业，一婢一仆，不多交于人。有暇灌花瀹茗①，赋诗弄箫，又常好书画文房之具，以为消闲之乐。有族役于崎阳者，及归，购一美人画幅，携来贻生。纸本无款，系清人②笔，傅彩③致密，容貌绝艳。生喜甚，揭诸斋中，日慰闲况。从经日颜色如生，婵妍婀娜，媚态荡神，如见生欲言。是以秘爱不啻，寝则揭诸枕头，相对就眠。遂作一诗题余白曰：

窈窕也妖娆，今春仅二八。

艳颜如李花，蛾眉似纤月。

朱唇点残葩，素手白于雪。

---

①瀹茗：煮茶。
②清人：指中国清朝人。
③傅彩：着色。

更不假铅粉，香腻自然洁。

珠簪与金钗，鬓发光彩发。

弱质缠轻罗，细腰垂绣绂。

手携小团扇，裤下见锦袜。

嫣然辅靥①生，盱睙②欲脑杀。

妙画来精神，不识谁氏笔。

更怜去故乡，蹈海求良匹。

何图宿世缘，冰人伴我室。

西施沉五湖，太真死黄钺。

佳人与名将，不许见白发。

汝是在纸上，悼然守贞节。

不老又不衰，无忧复无疾。

恨不共衾枕，与我为欢悦。

书了一笑，日既昏矣，时桃李烂漫，清香薰室，片月朦胧，些暖快肌，独坐无事，点灯读书。夜将三漏，画美人飘然来，坐几傍拜生。生讶，美人嫣然曰："妾适来此，辱君宠遇，与君同室。今又感君词章，不自揣鄙陋，望从君厚意。君不戾诗词，请永垂怜。"生喜极，握手殷殷，遂为

---

①辅靥：颊上酒窝。
②盱睙：微视。

画美人

欢。生又问乡贯，曰："妾名小丽，父崔氏，为季珪①之裔，世居金陵，遭洪贼②之乱，父子离散，遂流寓四方。贼夺妾为奇货，来沪上，卖娼家。一画工描妾示人，是以得见知众焉。然天质羸弱，不能接客，未半岁，逃而入仙群，终得来于贵邦，是亦夙缘也。"生闻，益怜之，忽作一诗，书笺曰：

茫茫九土暗云横，独见崔娘出洛城。

谁计蓬莱留画舫，碧桃花下遇文成。

小丽读之，莞尔，操笔又书笺曰：

不堪磊魂③寸胸横，吐作延长五字城④。

妾也菲才惭郑婢，小诗争得对康成。

生惊读数过，蓦然而觉，则一梦也。回顾画犹在壁间，清貌依然，如梦里相见。生酷奇之，自是，屡入梦。生不复告人，梦里相狎半岁。一夜愀然泣曰："久蒙恩遇，缱绻不忍别，然世缘既尽矣，请自是辞。"生悲问其故，曰："明日自知，然再会亦弗远也。"言讫，渺然，忽失貌。生大

---

①季珪：东汉末年名士崔琰，字季珪。其相貌俊美，投曹操帐下为谋士。某年匈奴使者请求面见曹操，曹操将声姿高畅的崔琰召来，让他代替自己接见使者。"床头捉刀"的典故即由此而来。

②洪贼：指太平天国洪秀全。

③磊魂：石头累积，比喻胸中不平之气。

④五字城：五言佳作，借指诗。

叹，开眼视之，灯火如萤，喜雀噪檐，起而启窗户，日高已三竿矣。是日，冰人来议婚，生犹豫未应。母亦来劝之，生豁然悟之，则从命，即日贻禽。画美人自是无生气，彩工虽艳，寻常俗画，非可甚赏者也。既而卜日，新妇来，宛然似小丽，比之画优十倍矣。

世传名画通灵，韩干画马，伤足求医；张僧繇画龙，斗起风雨；本邦金冈元信等画，亦有相类焉者，固无足信者。设名画尽来神活动，麟凤游市，龙虎斗街，官不遑驱逐，民亦遭害不少，画工之罪不可逃也。有一戏谭：近世娼家乏于佳人，楼主以为名画来神，设得活动同人，则得利不可测也。试使名画工描数多美人，照烛展列之。美人尽通灵呈媚，互延游客，是以廓中占垄断，日得千金。同业者恶之，渐知画美人，欲以破其策，又佣画工，使描数只饥虎，临张廛①，一时放之，咆哮狂跳，尽啖之，至楼主小厮，无有孑遗。吁乎！画之通神，一至此欤，可畏哉！

---

①张廛：开市。

天狗说

大凡禀生于两间者,以人为灵矣;而灵于人者,曰之神。神者,漠然无形者也。鸟兽顽冥,与人不同,然死则有胜于人之灵,甚可怪哉!虽圣人,其智所不及,则以龟鹿卜之。龟鹿之智不及于人,生辄为猎者所获,死辄为圣人之师。生圣人不及于死龟鹿,远矣。此所以有形者与无形者相异也。

世有天狗者,无形无声、无色无臭,在深山幽僻之地,能通幽冥之事,折树转石,能为祸福,出没往来,不可得而测也。俚俗往往说奇事怪谈,以神事之,而图其形也。象鼻鸱啄,人身鸟背,缠僧衣、着邪幅,带长剑、把羽扇,盖出于画工寓意者,固不足信也。

案汉土称天狗者有数种,《山海经》:"阴山有兽焉,其形如狸而白首,名曰天狗。"《星经》:"天狗为九星之一。"

《天中记》:"为人参。"《尔雅》:"为鹬①。"其他稗史小说相类者多,然非我所谓天狗者也。皆川淇园《有斐斋札记》,有气狐、天狐之辨。朝川善庵以气狐为天狗,曾我耐轩《幽讨余录》网罗诸说,遂归善庵之说。余以为物之灵者,岂特狐而已哉!鼋鼍蛟龙、犀象麋鹿之类,老而经数百岁者,亦必有灵焉。其死也,精魂未消化,间有为怪者,魄力豪迈,能知将来之事,福善祸恶者,谓之天狗。彼沙门道士,刻苦励勉,未遂其业者,死而精气未融,发扬于上为昭明,焄蒿凄怆②,是则天狗巨魁者,称某坊者是也。而龟狐犀象为之奴隶,若狐最敏捷,且其种甚多,故以狐为天狗,顾非狐而已也。其折树转石,弄火攫人者,凭依惊鸟猛兽所为,借他之力而行己之所欲也。又有山獥、山魅、治鸟及夔、魍魉等,皆有形者,以其意愚,远于人气,物易凭依,是以其行为亦不同。气物凭依焉,则为天狗尔。夫气之发扬者,从其厚薄,自有融化之时。以理推之,百岁之狐不能为千岁之鬼,千岁之龟不能为万岁之灵,犹兰麝芬馥,经旬日则失其气尔。若死者尽为鬼,千古不灭,王充所谓道路之上一步一鬼,当填塞衢巷无空处。呜呼!天狗有时而融化,灵

---

①鹬:翠鸟的别称。见《尔雅·释鸟第十七》。
②焄蒿凄怆:焄,同"熏",香气;蒿,雾气蒸发的样子;凄怆,悲伤。意指在祭祀的升腾香气中,人们感到悲伤。

鬼经年而消灭，从时势变迁，天狗亦不得与古相同也。斯卷初载天狗事迹，作《天狗说》置端。

宠仙子曰："本邦称天狗旧矣，或为神，或为人，或为狐。汉土多类我天狗者，大率属狐仙。凡神佛亦有盛衰，如狐庙为最甚。盖其气凝结盛，则人亦崇信之，飘散衰则无相顾者。正太郎者，今有否乎？"

大原维莲

大原僧维莲,修炼戒行,日手写经文。窗外有唤名者,闻之不应。忽然一优婆塞从屏后出,容貌狞恶,猛威可惧。维莲以为天狗,诵经不息。优婆塞不喜,带怒气去。次日,有一僧唤莲曰:"僧正房来矣,将见子,遽出邀之。"莲恐惧,开户而出。僧正房率众僧坐,威容严然,招莲于膝下。莲恭肃膝行,从进从退,进凡数十步,遂不得近。忽有一僧欲以绳缚莲,莲拔腰刀断绳。僧又欲以绳缠刀,相斗数刻,僧不能敌,弃而去,僧正房亦渺矣。次日,优婆塞又来,突如攫莲左腕。莲惊,几上有小刀,速操刺其手。优婆塞怒,直抱持莲遥上大空,扬尘飞沙,飘飘然不知所之。只觉风声窃窣,过高树之上,目眩心悸,不能奈何。渐下地上,在一小门之下,有僧延请堂上。少间,供酒馔,盘盂所盛皆异常,以修佛戒辞之。众僧又荐饭,固辞不食,唯念佛诵经

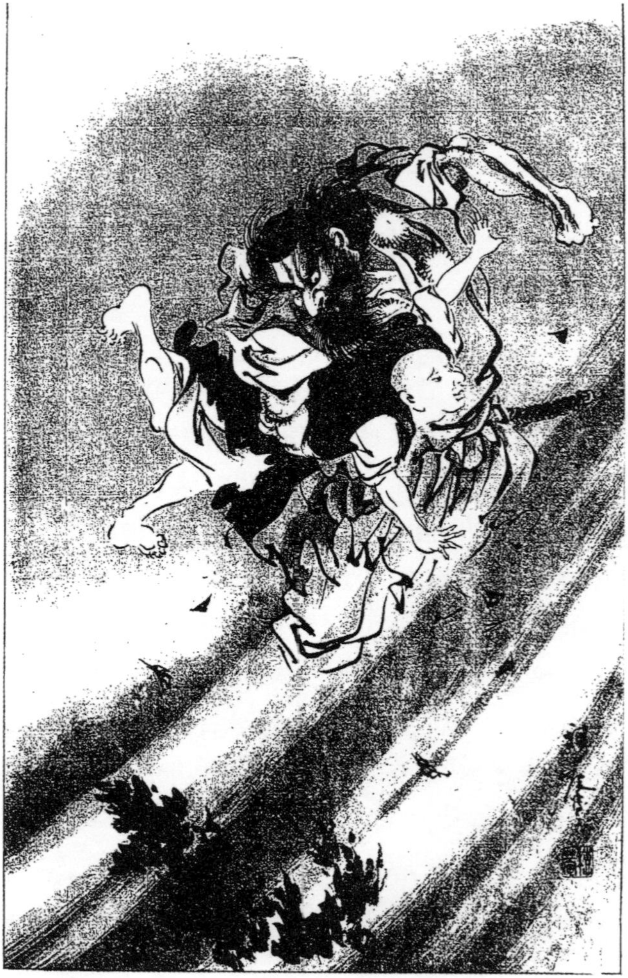

耳。忽有白衣二童子，冉冉而来，众皆愕眙，形忽缩小，变如鼷鼠①，或隐梁间，或匿床下。莲以为是佛陀所呵护，现形于此，以救危难也，愈诵经不辍。童子曰："勿怖，从我而来。"一人在前，一人在后，行仅数步，须臾，归于大原。

---

①鼷鼠：小家鼠。

仲兼刺怪

　　主殿头①光任巡法住寺,其子近江守仲兼副焉。日暮,过东寺,车后有白衣僧。仲兼揭帷视之,旧臣忡间某得罪为僧者。仲兼以为彼恨古主,或怀害心未可知也,辄下车,握刀骂曰:"汝何为者?狙我车后,不遽去,其有悔。"僧不言,忽为丈余,双眼炯炯,巨口吐炎,直攫仲兼之髻,高上空中。仲兼拔刀刺之,鲜血雨注,遂放其手。仲兼坠数丈,滚倒晕绝矣。从者不知仲兼下车,还馆,车中无人。众佥惊,乃照炬索之,在田淖之中。舁②而还,少间始苏,数日痊愈。法皇请其刀收莲华王院宝库云。

---

　　①主殿头:日本古代官职名,主殿寮(负责宫中扫除、天皇入浴准备、管理座舆的部门)的长官。
　　②舁:抬,载。

仲俊毙怪

水无濑山间有池，不甚广，而凫鸥多集为窟宅。土人言："人捕之，必为山神所害。"以故猎者亦不敢近焉。

萨摩守仲俊为北面武士，固夸胆勇，将驱除为民害者，以显己之武名。一夜，携弓矢到池边，万籁骤起，冷气侵肌，独坐大树之下，瞰池面待焉。时将三更，俄然池震动，有物腾跃放光，声如雷吼，飞上树杪，相距仅数尺。仲俊弯弓注目，怪又跳入池中，弛弦待之，又上树，若此数次，竟不能射。仲俊怒，拔剑觇其出，忽金光遮面前，谛视光中有一老婆，银发毵毵，巨口如火，吐舌大嗤。仲俊禹步①，弃剑一跃捕之。怪亦有力，欲攫仲俊入池中，相与滚倒。幸有树根遮之，遂伏怪物。拔腰刀刺之，力稍衰，再刺其喉，怪

---

①禹步：道士在祷祝仪礼中使用的一种步法，依北斗七星排列的位置行步转折，传为夏禹所创，故称禹步。

物终毙，断头携归。天明，视之如老狸①。

案：是獝獭之类，非老狸也。獭与狸相肖，故为狸尔。夫獭，兽中之蠢愚者，然经数百年，有为惊人之怪者，况颖敏若狐者乎！噫嘻！人老不能为怪，兽老则为怪，不知何物教为怪之术者，余未能穷其理也。

---

①此处原书有夹注：以上《蓍闻集》载。

仲俊毙怪

兴福寺僧

南都兴福寺主僧，宏通多识，博涉内外之典，平素有骄慢之心。殁后，弟子某者，欲祈神佛，知师之后果。夜过春日山麓，诣一佛寺，诵经念佛，入讲堂宿焉。夜半，有启扉来者，某以为贼也，潜匿佛龛之后。既而相集者十余名，携榼①饮酒，笑骂喋喋，杯盘狼藉。某密瞰之，其人皆异形，尖颜鸟嘴，首戴兜巾，背有羽翼，或腰长剑，或把羽扇。某始知为天狗，乃口唱咒，手结隐形印。一人忽曰："有人在龛后。"又一人曰："我知其人。"徐来捕某坐众人之中，曰："子所唱咒文少误音，手印亦谬指法。"乃恳教示之，遂荐酒肴，相共欢醉，于是与众得相亲焉。

忽有巨鼎，从空中降来，大丈余，中有铜汁，烈火沸

---

①榼：古代盛酒器具。

腾。众佥失色,一人把勺劝之,众不得已,闭眼饮之,九六①发烟,烦乱狂毙。某惊愕,惟束手见焉耳。少顷,鼎升于空中,众皆苏生,颜色惮恅②,五体如畬,默尔相共去。某亦恍然悟:"师即堕魔道矣!向教于我者,则师之后身。为使我知其苦,兹显形也。"遂归寺,笃修冥福云。

  一禅僧为余话,但《沙石集》载此事,而二为一,不知孰是?佛徒之谈,往往如此类多,以涉猥琐,不录之。

---

  ①九六:古代道家称天厄为"阳九",地厄为"百六",因以"九六"指灾难或厄运。
  ②惮恅:寂静。

奇　笼

三宅氏臣渥美定右,酷好渔猎。一夜,侵微雨,撒网,获鱼数十尾,笼而归。路过山麓,有一团火倏忽飞空,堕面前而灭。定右踌躇,足不得进。有物高丈余,不辨其形,低声谓曰:"汝获鱼耶?"曰:"然。""请与我,明夕必返。"定右以为是必天狗,弗与或加害,乃捧笼而伏。阴风一阵,飒然而去。定右有胆气,窃念彼与我约,不往为怯。明夕,又到过山麓,树间有物徐徐而来,对定右曰:"昨夜所赠,今返之。"乃置笼于面前,定右拜谢,携笼而归。到家见之,鱼多于所获,而笼亦不同,以木梢编制,颇似鸟窠。定右以为彼误换笼,恐来求,乃挂屋外待之,然遂不来,笼尚藏家。

毛 脚

本宫山为三河之崇,高五十町①。上有祠,朔望②为祭。他日,猎夫之外,往者甚稀。树木郁葱,老干互交,山脉连于信甲,为猛兽栖息之处。

丰桥商某有所祈,脊粮夙起,独步诣祠。已过半腹,流云幂历③,前途不可辨,向憩树根。有一女褰裳来,年过破瓜,艳容婀娜,衣饰不甚野。见商,喜问前途。商恳慰示之,且问所以来,曰:"妾母久卧病,家贫,不能买药,故欲祈神求治也。"商赏其孝义,俱携手跻④。素手纤弱,肌如雪,商淫心频萌。时前后无人,以艳言挑之,将求欢。女

---

①町:日本长度单位,一町约等于 109.09 米。
②朔望:朔日与望日,即每个月的初一、十五。
③幂历:弥漫笼罩。
④跻:此处指登山。

嫣然曰："岂拜神之人，何秽身为？宜先诣祠，后从命。"商大喜，行近华表，女曰："袜纽解矣，脚痛不能偻，请烦君结之。"商诺，乃屈躬求纽。女自褰衣，脚如杵大，密毛茸茸，磔起如针。商愕然，仰见，首高七八尺，面如猴，星眸射人。商益骇，急走入祠，气息喘喘，流汗濡衣。子舍有一叟，拥炉烹茶，意少安，就而述所逢。叟微笑曰："子之所见非如此脚耶？"又褰衣示毛脚，与前相同。商惊极，终昏绝而倒。适有猎夫怜而与药，渐得苏生，相共下山，厚谢而归。

毛 脚

山 臊

木曾山中多良材,大者十围,枝叶郁茂,白昼不见日。匠人伐之,先以小木作假屋,缀以藤萝,颇为坚牢。夜夜焚木屑为燎,以防猛兽之害。一匠夫不眠,守之,或借燎光䃕①斧。有物窥内,哑然而哂。匠以为是山魅,欲盗食也。若出手足斫之,则为不知䃕斧。魅忽悟其意曰:"汝以我为盗食者耶?若出手足欲斫之耶?"匠又思放铳毙之,魅亦曰:"汝欲放铳毙我耶?"匠又思起众连射杀之。魅亦言其所思。一老匠起而焚竹,爆裂有声,魅曰:"老匠术不可测,出于我意表。"遂去。

案:东方朔《神异经》云:"西方深山中有人焉,身长丈余,袒身,捕虾蟹,性不畏人。见人止宿,暮依

---

①䃕:磨刀石。

其火，以炙虾蟹。伺人不在，而盗人盐以食。人尝以竹着火中，爆烞①而出。臊皆惊惮。"② 其他刘义庆《幽明录》及《永嘉记》《玄中记》《酉阳杂俎》等所载，皆大同而小异，顾由其地异其种也。我木曾山魅亦山臊也，《荆楚岁时记》载："正月一日，庭前爆竹，以辟山臊恶鬼。"臊之畏竹，以其无心而发声也。③

---

①烞：爆裂声。
②见《神异经·西荒经》。此处文字与《神异经》原文略有出入。
③此处原书有夹注：臊一作獟，或作山魈。

罗 汉

　　肥州藩士某，有故为优婆塞，漫游诸国，到羽州①羽黑山麓。日晚，憩一酒肆求宿，肆主以无别室，辞之。某曰："近邻有佛寺否？"曰："距此七八丁②，有一禅寺，以久无主僧，为狐狸巢窟。君若不畏怪，请往而宿焉。"某曰："我跋涉高山大川，屡遇巨蛇猛兽，岂惧狐狸哉！"乃饮酒喫③饭，问路抵寺，垣朽檐倾，草莽满庭。入一室，卸行李，钻燧吹烟。时雨后新凉，皓月升树杪，白露缀丰草，幽味清肃，殆如在尘外。

　　坐多时，乃至佛堂，月光漏檐，室中如点灯，焚香鸣钲，拜佛诵经。龛左右安塑像十六罗汉，五色剥落，尘埃积

---

①羽州：指东山道出羽国，俗称羽州。
②丁：同长度单位"町"。
③喫：同"吃"。

床。诵经已了，将入室就寝，一罗汉开口欠伸，某讶见；一罗汉闭眼喷嚏，某愈怪；一罗汉以如意抓背，一罗汉挥麈尾逐虫，十六人皆动摇。某瞋眼叱之，罗汉一齐大笑。某怒以铁如意扑之，顽然自若，喷唾归室，锁户而睡。少顷，一人窥户隙曰："客寝耶？盍批我？"又一人曰："客起，请供酒。"又一人曰："客来，请贻面。"户外嚣嚣，终夜不能睡，鸡鸣渐去，某始熟眠。

午时眠觉，再至酒肆，备语前夜怪，又喫饭而去矣。村中壮夫闻而恶之，欲驱其怪。是夜，三人带刀携棒而往，至则罗汉不在床，众皆讶之。厨房廊庑尽搜索之，终不见一人。徘徊多时，倦将归，一僧过门来，容貌狞恶，手携锡杖，徐徐入厨。众视讶之，初以为近村之僧，不知无主而来者。又有一僧，面酷奇丑，捧铁钵来，众愈怪之。忽有数僧持卷把钩，或捧金塔，或操蒲扇，雁行皆入厨。最后有跨虎者，眼睛如镜，低鼻大口，袒右肩，携长杖，势不可敌。各入食堂，出钵啖饭。饭了，将入佛堂，众皆畏怖，匆卒下堂。走数步，僧皆来阶下，开口大笑，声震林木。僧又放虎咆哮逐众，众惊奔，蹶石触树，踣而复起，渐得归村中。

翌，又与众商量，相集者二十余名，各携棍棒火枪等，待夜抵寺，照烛见之，罗汉皆在床上。众佥骂，或击或倒，顽乎塑像，固无有异焉。明日芟草伐木，扫堂下、索窟宅，终不见只影。

是日酒肆小僮到邻村，归途日暮，忽逢一僧呼僮曰："今日劳诸君扫废院，颇觉清洁。幸修彼岸会①，请告诸君来拜佛行香。"僮唯唯而去，回顾其人已杳矣。

> 宠仙子曰："狐狸诳人，其术不一。如此篇尤为老巧，而索其巢窟，不复可得。然则谓之狐狸，固无证迹；谓之天狗，亦无证迹。世之谈怪者，勇而巧者为天狗，怯而拙者为狐，最拙者为狸，不知孰是？"

---

①彼岸会：日本在秋分和春分的前后七天所举行的祭佛活动。

罗汉

奇　陶

　　洛东清水寺边,多陶工,采土于山后,制器为业者几数十户。精巧致密,夐①胜于肥尾②矣。寺之东南,土质极佳,而狐窟多,众皆以为老狐能为福为祸,若毁其窟采土,恐为祸,宜敬而远焉。有纪伊③某者:"吾曹以陶为业,制佳品非佳土弗能也。苟有良土,非官所禁,采之何害?若畏而不采,是为畜所妨业也。余辈以工养眷者,何有所犹豫?"遂毁窟采土,颇得良埴④焉。

---

①夐:远。
②肥尾:指西海道肥前国、东海道尾张国。
③纪伊:指南海道纪伊国,俗称纪州。
④埴:黏土。

享保四年①,朝鲜人来聘,由例,宗对马守②先导焉。先是宗氏老臣在大坂邸者,来纪伊某宅曰:"明春,鲜人来朝,欲新制飨具,惊他耳目。闻子家工精价廉,欲命碟碗盂盘五百枚,速制之,价则任所请。"纪伊氏大喜,遽诺焉。乃示其式,碟碗皆一体,上阔下尖,如螺壳而延长,椭圆凹凸,不可名状也。曰:"是卓上穿穴安之也。釉法彩绘,颇以精密,预定价为八百四十金。"乃与四十金,期日而去。纪伊氏骤鸠工③,昼夜制造,数月全成。至期,二人又来,盛称其精巧,且曰:"宜送至大坂宗氏之邸,器与价交付焉。"纪伊氏喜适客意,集工开宴,以谢其劳。

翌日,输送之,自往求价。宗氏诸吏怪曰:"主公无命陶器之事,得非他邸耶?"纪伊氏曰:"某某君来所命,决非他邸也。"吏曰:"宗氏之臣在大阪邸者,无某某者,本国之臣所未闻也。汝得非为老狐所欺耶?"纪伊氏惊愕,不得已,携陶而归,始知为毁狐窟之报,而其器非为世用者,故无一求之者。纪伊氏自是衰亡。

---

①"享保"是中御门天皇、樱町天皇时期的年号。享保四年为1719年。
②宗对马守:对马岛位于朝鲜半岛与日本九州北部之间,战略位置突出。其地方官长期由宗氏一族世袭。
③鸠工:聚集工匠。

摘古泽忍斋所录，忍斋尝见此器云。

宠仙子曰："呜呼！狐恨人深矣，何至使其破产也。且初欺以财，其苦心亦非一朝之故也。财本非狐之所有，非遗物则贼物，若幽冥有神裁之，狐遂无所逭①矣。"

---

①逭：逃避。

源九郎

和州郡山源光寺为真宗巨刹，园中有狐仙，名源九，占居已久矣。其子罹重疴，时柳泽侯①侍医某称国手，远近乞疗者多。

一夜，小吏以君命来曰："公子有病，请来诊焉。"某与吏到别馆，重门严肃，侍臣出迎，乃入寝室，诊脉与药，昼夜侍褥，亡几，得痊焉。某归家，翌候主公，贺以公子快复。公讶，问左右，左右佥曰："公子无病，且不在别馆。"因详问之，某具申颠末，皆曰："是恐源九所为，曩既有此事。"公愤曰："彼畜产与人交，妄诳我臣，若置不问，其害不可计也。速诛之，可以除后患。"急召源光寺僧，命捕获。僧与源九太相熟，乃归寺。其夜，招源九，告以公命。

---

①柳泽侯：指江户幕府第五代将军德川纲吉的宠臣柳泽吉保，操控幕府政事多年。

源九泣曰："我已知之，领主之命，其罪不可逃，请缚我送厅，冀无遗君之累。"僧曰："若①久栖于我园，我不忍戕而躬。若速去此，图全而族。"源九曰："久受鸿恩，今又归罪于贵僧，吾所不忍也。"僧曰："无虑后事，踌躇其噬脐②。一时隐身，又有归我园时，越境其免耳。"源九曰："唯唯。"遂拭泪而去。

明日，僧诣厅曰："昨夜欲捕源九，源九既知之，率族去矣，不知所之。"厅义罚僧，锁门五十日。后源九不再来，或云为医师，改名松本宅庵，卜居于东都售术。居焉四五十年，稍为邻人所怪，去而之尾州，又以医为业，居焉多年，不知其他云。

> 宽仙子曰："'若速去此，图全而族'一段，学左氏者，立意亦似左氏。末段为医居市中，恐非狐仙也。"

---

①若：同"汝"。
②噬脐：像咬自己的肚脐一样够不着，比喻后悔莫及。

孤儿识父

坂都天满桥边有寡妇，卖糕计生，家太贫。有女年十七，姿色胜众，叔母在于河内牧方。乡社祭日，女往叔母家，信宿焉。夜观舞踊，归途过庙后，有一壮夫，蓝布覆面，恳导捷径，诱空处强求欢。女唯恐怖，不得已从之。归后有身，母诘之，女以实告。月满，生一男儿。老母叹儿无父，日诣菅庙，祈识其父。庙与其居相距才数丁。及儿长，相偕诣庙，风雨不怠，寒暑不厌。

既经三年矣，正月二十五日，为庙小祭，从例拉儿诣焉。往来憧憧，万客如织，庙门之外，殆无立锥之地。儿忽指一壮夫曰："是吾父也。"老母惊怪，以为是神之所告。急趋，捉其袖曰："有就君欲问之事，请枉来一茶肆。"其人亦甚讶焉，姑从其意就榻。老母涕泣示儿，具语颠末："今儿于稠人之中，突然指君为父，妄浪之言，无有证凭。

君若有记于意，请告实；若无记也，顽儿之言，冀赐恕焉。"其人愕然，左右头言不知，然酷爱儿，买糕果与之，且闻居处姓名去矣。其夜寻居来，始面母子，赧然告实，悚然谢罪，且曰："余父母早殁，今又亡妻，家有数顷田，足以糊十口。不厌鄙里，冀迎母子奉养焉。"母子大喜，乃卜日为婚，偕迎老母云。

优人岩井某为余话。

狐诳酒肆

尾州名古屋城中有老狐,栖侯邸之傍,宰夫怜之,常投与残肴养之,子孙蕃殖,日饱美食。明治之初,侯转居于东京,诸臣多从行,城中萧索,食饵寝乏。

城濠之傍有一酒楼,颇为美壮。一宵,有贵客男女五六人,饮食极豪奢,招艺妓数名,歌吹踊跃,喧阗彻晓,至丫髻小厮尽与缠头①去。翌朝,一艺妓匆卒来告曰:"昨夜客所赐,今朝见之,化为木叶,不知所得酒肴之价,亦不如此乎?"楼主讶之,急检所得纸币,亦皆木叶耳。婢亦走告曰:"今朝扫堂,兽毛纷乱,盘中残沥,间有印内者,恐非为老狐所诳耶?"众皆骇然。事传于市井,酒肆肉廛,过二鼓皆自警,无敢延客者,酒楼为是寂索矣。

---

①缠头:本指古代歌姬缠在头上做装饰的锦帛,这里指客人送的金银礼物。

夜窗鬼谈

藩臣某氏别邸，在白壁巷，广袤千亩，奇树怪石，骈罗覆地。园中有沼，广数顷，葭苇丛生，鸥鹭来戏。临池构三层高楼，制度宏敞，风景绝佳。废藩之后，一时为游观之场，而平居守楼者，老仆一二人而已。偶有贵客男女五六人携酒肴来，请借楼一游，老仆许焉。各登上层，终日欢笑，及归，告仆曰："聊为酬借楼之报，裹些金在床头，尚剩肴核，别有二筐，请为晚酌之助。"仆唯唯谢厚惠，数人皆酣醉归矣。仆登楼，果有纸裹，启见之，木叶耳；开筐，土块与马矢①耳。仆怒曰："我亦为老狐所诳。"闻者为笑柄。

居十余日，有一士人来告曰："主公久病，顷渐得痊，闻斯楼风景佳绝，欲倾一酌，以排郁悒，请午后借之。"仆曰："诺。"乃与一封纸币去。仆密启之，颇过当②。仆大喜，乃拂尘洒地待焉。及期，士人伴其主来，男女五六人，容貌服色、言语动作，与前日贵族毫无异焉。仆以为老狐又来矣，则与同僚谋，欲使犬噬之。牵来五六头，系而待其降。楼客登楼，终日欢笑，与前日相同。及归，告仆亦如前日，仆唯唯急解所系数犬嗾之。客预知之，抛鱼骨及残饭啖之，犬皆振尾狎狃与共去矣。

仆甚怪，即登楼，依旧，筐亦在床头，试开之，鱼肉鸡

---

①矢：同"屎"。
②过当：超过应有之数。

卵、蔬果之类充实,所裹则有纸币若干。仆以为时尚早矣,未化也,若食之,必马矢与土块耳,待其化置之庭隅。及夜,再检之,依然无相异,试少食之则美,仆愈怪之。一人曰:"闻狐化物,不过二十四时间,则不复本质也。"仆惧货币亦复木叶,遽往市买衣,三日之后,又开筐检之,少腐败而已。盖好事者,以狐妖风说聒于市中,戏为狐妖,一再登楼,使仆疑惑也。

冥　府

田直生，信州松本人也。父为农，家亦饶。生幼时学于太宰春台①，父罹时疫，百药不奏效，颇为危笃。生辞师遽归乡，浴水祈神，日夜看护褥侧。经数旬，仅得愈焉，然气力不复，筋骨常痛，是以不能耘耕，加之招医四方，多服高价药，田园已芜，家产渐衰。病三年，终不起。生悲叹骨立，殆欲死，亲戚慰喻，为营葬仪。自是事母至孝，而家益贫。自以为欲务农，无田圃；欲为工，素不学；不若为商速获利，幸遇好机，一朝千金不啻也。因借资本于亲戚，日往近村买杂谷，贩诸市获小利，毫末之利，不足充衣食也。

一日，诣邻村祭祀，男女杂沓，攞摊连廛。祠傍有博

---

①太宰春台（1680~1747）：江户幕府时期儒学思想家，通晓经学与汉文，并精于经济学。他的重商思想对日本后世有较大影响。

徒①十余名，设场延客，生立傍观焉。巨魁者在正面，坐熊皮，横长剑，众徒围绕，扬扬自得。座有源生者，素知生，乃招生曰："子为些商，仅得蝇头之利，恐不能终年尝美味、着丽衣。与众同乐，盍为瞬间获千金之事？"生窃以为："我若有福分，立得大捷；若取败，则命之极也。"乃试赌些金，一掷连捷，获若干金。生大喜，归买鱼供母，又购衣新席。母讶诘生，曰："买茧得利尔。"他日，又诣一佛寺，博徒亦大开场，生又得大捷。是日源生大败，欲借金于生，生与些金，源大怒曰："汝临赌场，屡瞒诳人，使汝多得金者，抑谁劝之耶？尽与我则免其罪，若不然，将乞汝命。"生怕，欲与其半。源本甲人，是日甲信奕徒团圝②为场，有信人左祖③于生者，勃然发怒，骂源曰："子侮生幺么，欲白昼为贼耶？"源益暴怒，握石礧击，淋血迸面。信人不堪，拔刀斫之，一座扰乱，东西相分，为队而斗。忽有官吏率众来，博徒皆逃逸，死者三四人，伤者不可数，生亦毙于乱击之中。村人舆而归家，母大叹，检之，颊有紫色，而气既绝矣。

生初啖一击，昏绝仆地，少顷开目，出乎茫茫广野，黄

---

①博徒：赌徒。
②团圝：聚在一起。
③左袒：偏袒。

冥府

尘四涨，朦胧不可辨，赵趄彳亍①，欲问无人。忽有两卒，腰铁鞭、持棍棒，问生曰："何来？"曰："我某村人，为人所击，眩晕不知前后，此地为何处？"卒曰："是非人世，则冥府也。"生愕然叹曰："噫！我死矣。未尽人事，半途殒命于恶徒之手，我死今悔无益，奈老母悲叹何？"放声号泣。卒曰："业至此，一出阎王政厅，乱罪轻重，宜从所裁。"即伴去。

行里余，忽到一大铁门，门前有乘舆过者，见生曰："汝来何速！"生惊视之，父也。大喜，先祝其无恙，且泣且叹，具告颠末。父谢二卒，拉生入门，至第三门，半扉裁开，踟躇过之，则抵厅，使生坐砂砾。左右刑具陈列，使人悚然；堂上诸吏十余名，肃然整列。中央设褥，其傍有携笔砚之吏，有检账簿之吏，都如幕府之廷。生顾后，源生及博徒三名，反缚受械。父跻堂谢诸吏，忽有警跸之声，阎王就座，麻衣黑服，腰小刀，手持扇，后有童拥剑，前有烟具。阎王温言曰："直来进。"生膝行近阶。王曰："汝学于我，颇知孝悌忠信之道，何以为此恶行？"生讶，抬面视之，春台太宰先生也。生又惊悚，悲泣不能言。王曰："汝虽破世纲，能竭孝父母，天帝怜汝至诚，一还本土，谨勿犯国禁。"生唯唯叩头

---

①彳亍：小步行走。

耳。王使吏检账簿，尚有五十年，乃命父送生。父与生再拜出门，入一室，父又严诫生，且曰："梁上有一函，糊黏神牍，开之可复产。"言讫，命卒出生于门外。生尚欲言，父已渺矣。遂与二卒到广野，旋风一阵，卷沙飞石，生惧而卧，开目在床，母在傍泣。生呼母曰："儿苏矣。"母大喜，亲戚皆集，是日葬具已成，将送郊外，见其苏，皆祝之。生语以冥府之事。因梯梁得函，果获古金百枚，乃换之通货，购所失田圃，务励农事。不数年复旧，子孙繁殖，龄逾七旬云。

　　石子曰："世有《地狱变相图》，所谓阎罗者，为豹头、虎须、巨眼、大口，着唐服，把笏检账簿者。十王亦准之。而殿廷什具大率拟唐制，夜叉刑罪人，热汤、火坑、拔舌、穿眼、铲头、舂身，苛酷惨状，使观者毛孔粟立。想是印度上古刑法，作者复增饰也。而制其图，盖创于唐吴道元。余尝游于西京，于知恩院观《地狱变相图》十幅对，传为吴子笔。每幅一王，夜叉刑罪人，罪人裸身束发，着白布犊鼻，皆唐制也。本邦所画十王夜叉，大抵相同。但罪人半发，着邦制之裈，是唐人以印度古法刑日本人也。夫地狱本为娑婆①罪人所设焉，阎罗十王可独拟唐制哉！《最胜王经》所谓辩

---

①娑婆：人类所在的大千世界。

才天之弟者,则印度古之阎罗也。阎罗屡交代焉,《子不语》《聊斋志异》等所载,有德之人死为阎罗勤务,亦自有期限矣。隋韩擒虎曰:'生为上柱国,死作阎罗王,斯亦足矣。'阎罗本非一人也,然则本邦阎罗,不可不着本邦冠服,从本邦制度。方今若有地狱,宜有斩发洋服阎罗诸吏,须有徒刑绞罪之法,幽冥岂与现世异哉!戏乎!说来世者,不别创维新之地狱,于理则不当也,天堂亦不可以着梵衣者为佛菩萨也。"

怨魂借体

长尾杏生,越后新潟人也。家世业轩岐之术①,弱冠代父诊患者。某楼有一妓,名阿贞,久患悒郁之病,偃卧数旬,不能接客。生屡诊视之,阅三月,得全愈焉。生标致秀雅,又能诙谑,常使人喜笑。阿贞之愈,虽由药剂之效,实以杏生慰谕其郁闷也。

一夜,阿贞设盛宴,招生曰:"由君之厚意,得肉枯骨,聊供薄馔,将以表鄙忱,冀喫一杯。"乃聘诸妓,歌舞扶兴。生醉甚,玉山已颓,杯盘狼藉。贞与水,抚背曰:"夜深雨催,请就床睡。"生未醒,乃入一室,坐褥戏曰:"不久接客,无思耦否?"贞笑曰:"无恳若君者,安思耦!"生曰:"卿若不欺仆,仆亦竭诚耳。"贞流涕曰:"重恩之

---

①轩岐之术:指医术。"轩岐"是黄帝轩辕氏与其臣岐伯的并称,他们被视为中国医药业的始祖。

人，何以报之？君若不弃丑，以命事之。"生喜，遂为同衾之欢。尔来，屡来于此，胶漆不啻，稍为他妓所媢。生父愤其游荡，欲使断念于一时，赍资遣江都，使从医博士某研业。生不得已担簦①去乡，不得复通信。阿贞闻而大叹，病再发，遂失左明，无几亡矣。生就学五年，省父归乡。父惩其游荡，急娶某氏妻之。生有弟，为继母之出。母欲使弟继家，生知其意，携妻再来东京，开业下谷，名声渐闻，屦屦满门，时年四十矣。偶聋左耳，百治无验，自以为不治之症，复不甚疗焉。

邻巷有术者，能知吉凶祸福，与生相熟。生谓术者曰："余之病聋，亦有祸源耶？"术者沉思稍久，颦眉曰："二十年前无欺一妇人乎？"生曰："无所记忆。"曰："此妇晚失左明，遂悒郁死，怨念不灭，今犹为累，君其熟思焉？"生愕然，始知阿贞为祟，因具告前事。曰："君盛德之人，怨鬼不得近。然一念所凝结，经年犹未销，宜祀灵谢罪。"乃授解怨之法。生则设坛祀灵，供香华谢罪，且书翰曰："余负盟以不得已也，卿若尚有慕余，愿再生寻盟。然余年老气衰，或凭托魂于容貌肖卿者，今世复有果前缘。我今无子，幸得为妾，生一子，我之愿亦足矣。"书了，焚之坛前，从是耳聋稍轻，三年后得全瘳矣。

----

①担簦：背着伞，借指奔走、跋涉。

怨魂借体

前是父殁，生亦屡之乡，了十三年忌辰。又于乡修祭，归途浴于伊香保温泉。在客舍数日，有婢年仅垂破瓜，而容貌音声，酷肖阿贞，日夜饮食起卧之事亦甚务，柔顺优爱，似慕生。一夜更深，生未眠，在床读书，婢来加膏①，生戏谓婢曰："汝容貌酷肖我所知之女，不知从何来？"婢捕生之手，嗝然曰："君无忘贞否？"生惊曰："汝阿贞再生者乎？"曰："信君之誓言，待君之归乡，不图，故病再起，遂吞怨而亡。一念不灭，往脑君身。后得君之书翰，不俟再生，欲借体于此女，以果前缘。君不爽约，速相伴去，不厌为婢妾也。"言讫闷绝，气脉欲断。生急与水御药，少顷蓦然苏。生问："所言记忆否？"曰："不知，唯觉一女入体中，复听述怨耳。"生又问姓名乡里。泣曰："妾名贞，高崎某士二女。父母与姊凤辞世，田园家财尽为负债所夺，孤茕落魄，不能糊口，遂来此为佣。主人怜妾薄命，且以其幺弱，不甚使役，独有老妈，事裁缝，妾就而学焉耳。"言终歔欷，双泪湿袖。生怜之，遂乞其主为妾。主亦大喜，为贻衣服妆具，命驾送之，生携归，置之他室，无几，举男。生妻以无子，爱之如己之出，又爱贞如妹。贞及长，言语举动，无毫异于阿贞。

数年后，妻以病殁，临死谓生曰："贞性温厚谨直，妾

---

①膏：灯油。

死后，请以贞为继妻，勿娶他人。"于是贞为妻，时年二十有五矣。阿贞二十有五而别于生，贞二十有五而为正妻，亦奇也。

友人青木氏为余话。

河 童

筑后柳川边，古多河童，或为群游戏，又能狃人，以故不甚为害，人亦不甚怪也。

藩士某妻有姿色，而精于武技。一日，诣近村佛寺，途憩茶肆。有一美童，稚髻纨袴，着屐来，共息茶肆，丰彩秀丽，娇如好女，边土所不复见也。妻以为是寺僧所爱娈童也，则殷勤述寒暄。童言语少吃，虽所话不明爽，颇为谄媚，秋眼含情，频近坐傍，将握手不放。妻怒，以其年少恕之，匆卒辞去，童亦随行。既而入佛寺，扫墓焚香，童又欲执手诱于他，妻戾其手伏之。童不堪痛，号叫乞命，妻笑惩戒之，童悒然去矣。妻乃登堂拜佛，又面僧话童恶戏。僧曰："寺中无童，圆颅①之外，有老仆一人耳。"妻讶之，始

---

①圆颅：光头，指僧人自己。

知其非人也。僧惧途中有怪，使老仆送之。

其夜，妻上厕，有伸手探私处者，妻握其手，呼婢操匕首直斫之。照烛检之，三指长爪，色苍黑，皮滑，密藏箧中不示人。翌夜，有赠双鲤请妻面谒者。延而见之，则童也。涕泣曰："昨屡为恶戏，且妄入厕惊君，至遂失只腕。自知不罪轻，愿垂怜愍，赐其腕，已后誓不近于人。"言讫，啾啾掩眼哭。妻曰："汝本何者？"曰："我河童也，非人，潜居水底，与鳞族为党。昨见君容貌，邪心骤起，将变形辱君，遂失腕。取祸，弗守分之罚也，假令刎首，无所怨。厚颜又乞腕，知君有慈心也。"妻曰："已斫之，携去无益已。"曰："我有药，接之不难也。"妻曰："苟教其药方，则返之。"童喜，乃授其法，乞腕而去矣。

试调其药，涂抹金创及皮肤之病，颇有效验焉，今犹传之，为一家奇方云。

案：河童又水虎，汉籍中未见相类者。《本草》有封，引《江邻几杂志》云："徐积于泸州河次，得一小儿，手无指无血，惧而埋之。此《白泽图》所谓封，食之多力者也。"邦人或以封为河童，然稍异。其他明清小说，不见相类者，然则我一种水怪也欤！

夜窓鬼談

一目寺

老友菊池三溪记一目寺奇事,其说甚怪,今略其文录之。

纪人某尝祗役①于江户,路过函山,浴于温泉。居三日,无聊甚,日夕散步后园,隔谷有山,树木丰茂,颇觉有异,游意顿动,使主翁向导。主翁止之曰:"斯山有怪,迨日下申,虽刍童牧竖,尚畏怖不入焉。况日暮,恐有山猇木魅之祟。"某不可,拂袂而去。行未里许,暗云四合,荆棘高于人,忽得一兰若②,门墙堂庑,颓圮极矣。堂中央,安古铜佛,其状极奇异。炉上有沙弥,与老僧对晤。某就熟视之,佛左目已眇矣,老僧亦眇,沙弥亦眇,其他金猊木狮、罗汉天女、龙凤龟鹤、神仙鬼物之像,雕镂藻绘于屏障门户

---

①祗役:奉命任职。
②兰若:佛寺。

之间者,悉莫不只眼眇目矣。某心异之,问其寺号。沙弥曰:"只目山一眼寺。"某取囊钱奉佛曰:"愿以此得补其左目。"佛倏起身,哑然大笑;老僧亦笑,沙弥亦笑,金猊木狮、罗汉天女,以迨神仙鬼物之像,轩渠①绝倒,声震林木。某益惊怪,仓皇出门,有舆丁具轿而候焉。舆丁亦眇,促某乘之。某不得已从之,丁曰:"请闭眸一晌,慎毋启视。"既而舆行如飞,但觉天风逢逢抵触耳轮耳。有间,舆丁告曰:"到矣。"言未讫,其既倒身坠于地,气绝而始苏,四顾暗黑,不知何处。适值路人,问之,则江户本邸也。

---

①轩渠:欢悦的样子。

辘轳首

宝历①中,江户本石街有掌报钟者,家饶于财。有一女,妖娆丽妍,不妆而白,颈稍长,反觉妩媚。年十三四,学书于马场某,距家仅数丁,旦暮往来,途人属目。市中少年,闻其履声,争出见之,然不敢言其名为"辘轳首"。盖辘轳,井上转器也,谓其头如瓶之从繘上下,汉土谓之"飞头蛮"。或云:"昼间如常,熟睡则延长数尺,踰梁出牖,而不自知也。"女子耻其谑名,不敢出户,懊恼欲死。

偶富商某子,喜其美貌,赍贽为赘婿。合卺之夕,宴罢客散,俱就床。夜半,婿眠觉,剔灯熟视妇颜,鬓毛垂颊,微汗生香,自谓得偶如此妇足矣。凝眸半顷,乍见颈延二三寸,既而五六尺,旋转良久,止于屏上,皓齿粲然,见婿一

---

①宝历:日本桃园天皇年号,时在1751年至1764年。

笑。婿大叫，眩晕绝息，女亦惊觉，依然其头如故。乃呼药救解，少间得苏。问其故，婿战栗不答，明日以事辞去。万犬应声，无复言婚者。神田医师山口某闻女子名，娶之，遂疗其病云。

略取依田学海①《谭海》一则：

> 余在三南，见一老尼，矮躯短颈，黝面如俱，皆谓彼"辘轳首"，人不敢娶，以故为尼。余笑曰："'辘轳首'宜容貌婀娜，纤手细腰，此尼奇丑而肥笨，偶为造物者所误耳。"

---

①依田学海（1834~1909）：日本明治时期汉文学家、戏剧评论家、修史局编修官。

辘轳首

大入道

本邦称僧曰"入道",盖弃世务而入于佛道之谓也。芝三缘山北,树木蔚葱,坊舍亦稀。天保之末,俚俗讹言"大入道"出吓人,昏暮过者罕,而见者亦少矣。

麻布商某夜过涅槃门,有僧黝面缁衣,伫立路傍。某讶之,骤阴气犯肤,毛孔尽起。急行五六武,怪而顾之,俄然为"大入道",头如浴盘,三眼为品字,炯炯如百炼镜。忽延长颈,旋来面前,吐舌舐某。某惊愕叫死逃去,倒又起,起又走,泥泞污衣,喘喘得还家。

翌,告锻工某。工本侠客,颇有胆力,曰:"余为子报仇。"其夜三鼓,携一铁椎,独到涅槃门,待焉多时,间无人过,唤曰:"怪来,怪来,我酷苦闲。"忽有一沙弥,长仅三尺,自坂下来。瞠目视之,沙弥亦顾,只眼在额,大如碟延,右手招工。工怒,振椎击之,沙弥走,跻门槛,坐瓦上大笑。工愈怒，欲击之，檐高不可及，乃掷石中之，沙弥自若也。不得已，注目待其下。鸡鸣，沙弥渐缩，将曙，杳而无物，唯睨檐瓦耳。

案：入道之称，古书不多见。本邦贵官剃发者，谓之入道，如法性寺入道、伊豫入道是也。而未必辞职入于佛门，平清盛、足利直义、山名持丰、赤松圆心等皆谓之入道。盖未脱俗，而仅入于佛道之谓也欤！贾谊《新书》致道者以言，入道者以思。梁简文《玄圃园讲颂》，折论冥空，玄机入道，入道之字仅见此。丰桥城楼有名入道者，其下为入道渊。俚俗云："一入道为河伯居焉。"不知然否？

惊　狸

目黑村里正某,夜过行人坂,淡云罩月,微雨如烟,有一小童戴巨笠往者,一手提酒樽,一手携账簿,唤之不应,走则走,止则止,而相距仅咫尺。某甚怪焉,以老眼不明了,乃左手持伞与笼灯,右手以眼镜睹之。彼顾视,大叫一声,忽为狸去矣。想火光映玻璃,俄为巨眼,狸见以为妖也。

铁蕉精

丰太阁①城于伏水,环抱万雉,浚濠高墙,层楼杰阁。修廊回栏之制,金碧荧煌,光彩照人。台榭沼池,假山石梁之属,一树一石,费以千金,天下之财为之荡矣。

泉州妙国寺有千年铁蕉,公移之于城中,毁墙平垣,渐得植焉。巨干错杂,绿叶覆天,颇壮园中之观。公醉后凭栏坐,使童点茶,时云释月明,白露湿藓。忽有一老翁,绿帽缁衣,赭颜清瘦,徘徊铁蕉之下,啾啾吟曰:

恋恋泉州地,迢迢数十程。

---

①丰太阁:指日本战国时代第一幸运儿丰臣秀吉(1536~1598)。其本为卑微的贫农之子,初名木下藤吉郎。1554年投奔织田信长,屡立功勋,逐步升迁为信长麾下独当一面的大将。1582年信长死于"本能寺之变",秀吉接过信长的旗帜,延续信长的战略,最终压倒群雄,在名义上结束了战国乱世。1586年,秀吉受朝廷赐姓"丰臣",并就任关白。1591年,他将关白之位让给外甥丰臣秀次,自称太阁。

何时归妙国？朝暮听经声。

公侧耳闻之，其声甚悲，使童问之，至，则烟灭矣。如此连夜，公怒，使吏潜于树下，欲以捕之，而遂无见焉。公以为是铁蕉之精，尚慕旧园也，则使数丁返于妙国寺。太宰府飞梅[1]闻之曰："于戏！蕉之迁也。盍效我飞而归。"[2]

---

[1]飞梅：传说醍醐天皇时，右大臣菅原道真在政争中失败，被流放到九州太宰府。原本种在菅原平安京宅院里的梅树，十分想念主人，竟飞行600多公里，出现在太宰庥里。
[2]此处原书有夹注：菅公左迁筑紫，所手植红梅慕公，一夜飞而到配所。

髑　髅

平相国清盛①都于福原,家多怪,夜有数百头颅,集为一大头颅。清盛瞋目视之,颅缩小而灭。载在诸史,古趾②今犹见怪云。

有车夫被酒,雨夜过福原古趾,一髑髅当途,大数尺。车夫见笑曰:"好髑髅,惜过于大,不当酒杯。"髑髅忽缩小,裁如拳。夫又笑曰:"不适我量,尚加数倍。"忽又为尺余。夫愈笑曰:"好髑髅,伸缩如意,请大如屋,借以避雨。"渐为数丈,开口而待。夫直入口中,跻牙上,雨亦不漏。夫曰:"厚意厚意。"遂仰卧而睡。天明,香气过鼻,开目视之,在路傍石佛龛下,早晨老妪行香也。

---

①平相国清盛(1118~1181):日本平安时代末期权臣,因平定"保元之乱"与"平治之乱"有功,于1167年出任太政大臣,垄断朝廷所有高级职务的分封,成为日本武家政权之鼻祖。太政大臣相当于中国的相国,故称"平相国"。

②古趾:故址。

牡丹灯

　　享保年间，江户有饭岛某，数世事幕府，馆于牛门之外，家亦小康。有女名阿露，窈窕秀弱，风致胜众，年十七，不幸亡母。父纳妾，酷爱之。妾性狡悍，风波稍起，父厌之，使居阿露于柳岛别业。

　　时属仲春，园中梅花，红白放萼。一日，医师志丈伴浪士萩原生观梅于龟井村，归途，访阿露于柳岛。萩原生年亦弱冠，标致优雅，才艺兼备，父殁后与仆居根岸里，素与志丈熟。志丈虽医，实轻薄小人，阿谀富豪，得欢心谋活者。此日，欲使生亦观解语之花也。阿露在屏间瞰之，视生之丰采风度，意好之，急命婢供茶果，又荐小酌。志丈欲使娘子面萩原生，娘子羞而不出。强牵手来，红潮晕颊，流眄含情。志丈侑杯，应酬如合卺之礼，相偕亲昵，遂不期为冰。日渐倾，厚辞而还。志丈虑后累，或恐有其钻穴踰墙之过，不复到两家矣。

　　生日夜思慕阿露，屡招志丈，志丈不来。苦虑百计，不能得其梯，因循两三月，寤寐不忘，悒然送日耳。仆伴藏者，欲慰其忧郁，频劝游步。遂伴伴藏泛舟，钓于深川。行过柳岛，将近饭岛之庄，见后园门扇半开，乃使系船，窃觇园中。婢见生，喜走告曰："娘子待君久矣，君终不来，以故饭粒不下喉，病日逼，身瘦体羸，将就木。请来慰娘子之病。"生惊，乃登堂，婢延入帐中。娘子见生，且喜且泣，共申衷情，绸缪将不离。日已昏，将归，阿露出一香盒曰："是母之遗物也，秘爱不离身，今赠盖于君，冀待相合之时。"生视之，泥金画秋草，精巧入毫末。生喜，收之怀。忽有人唐突入室，励声①曰："何者狡儿？来辱我娘②，速延首受我刀。"两人愕然，仰见则父饭岛也。将挥刀斩生，阿露覆生隔之曰："罪在妾，请杀妾。"父怒，直斩阿露。生惊绝，不觉发声。伴藏在旁曰："舟来山谷。"生遽然觉，正是一醉之梦，流汗淋漓，衬衣皆濡。试探怀中，盒盖依然有焉。生怪其奇梦，未敢告人。

　　偶志丈来，潸然告曰："娘子死矣。"生又骇，问其故，曰："思君数月，沉郁益病，纵告严父，自知事不成，去药

---

　　①励声：大声。
　　②日文循唐制，称年轻女子或女儿为"娘"。

绝食，溘然终亡。仆闻甚悼，请供香华，修冥福。君洒一勺之水，胜于万僧读经。"生亦大悲，始悟舟中奇梦。示彼香盒之盖，志丈亦惊异。既而及盂兰盆会，邦俗照华灯、供蔬果以祀祖先，生亦家庙合祀娘子之灵。时初秋，暑热未退，开窗纳凉，恨嫦娥隐云，独对空庭，怅然不能寝。忽闻墙外屦声来，生意讶之，窃从墙隙觇之，饭岛氏婢携牡丹花绣灯，冉冉与娘子来。生见大喜，匆匆开门邀之，问其所以来？婢曰："阿娘逢君之后，恋恋不能谊，竟为病。父忧之，将择婿定嗣。阿娘厌之，懊恼不能置。偶志丈来，谓君以病死。阿娘悲伤，欲剃发为尼，妾苦谏，遂脱柳岛之庄，潜来谷中，仅借茅屋僦①居焉。今夜来贵馆，欲拜君之灵牌也。"生曰："志丈亦谓阿娘以病亡，何其讹也？"遂相伴入室，卧婢于别室。二人喜再会，共极欢好，鸡鸣，开户送之。如此连夜，绸缪愈坚。伴藏隔墙构室，窃怪生房夜夜有笑语之声，穿墙觇之，有两妇人与生相媟戏，其形模糊如烟雾，似非生人。伴藏大怪，告之邻家白翁者。白翁以鉴相术为业，与生甚亲。明朝访生，视生血色不常，大惊曰："君生气大衰，邪气缠身，恐为鬼所凭者。闻夜夜有来客，必非生人，终夺君之命，宜邃避之。"生曰："是饭岛氏娘子，今在谷中，夜夜与婢共

---

①僦：租赁。

牡丹灯

来，固非鬼也。"白翁曰："试之谷中寻之，恐无其人。"生往而索之，果无有焉。归途，过新幡随院墓所，有新冢，挂牡丹绣灯，与婢所携相同，因问之。寺僧曰："饭岛氏娘子之冢也。"生始骇，乃告白翁，请避之之法。白翁曰："我力弗能也，闻良石和尚当世硕德，子往而问之。"乃折简授之。生谒和尚告实，恳请避其鬼。和尚曰："是前世宿因，非一朝之故也。凝魂缠绵，世世不释，虽换世异所，不能免也。但得佛拥护，或得全今世，宜念佛诵经。"则书符授之曰："宜糊贴诸窗户，必避幽鬼。"生拜谢归，如教贴之。

其夜二更，又闻屦声，生密从户隙觇之。婢曰："君心变矣，闭户不容，何其薄情也。"阿露泣曰："已坚约，何遽背也？是必为人所谗也。"绕户徘徊，遂悲号去。其夜，二鬼至伴藏宅，恳请除灵符。伴藏恐怖，不能接言，唯唯诺之，期以翌夜。伴藏以为不除，二鬼又来，不得已遂除之。其夜，二鬼又入生之室。明朝伴藏告白翁，白翁忧之，与伴藏访生，生未起。开室，生已死矣。

此圆朝氏①所谈，尚有饭岛氏仆孝助忠心及伴藏奸

---

①圆朝氏：指江户时代末期落语家三游亭圆朝（1839~1900）。文久元年（1861），三游亭圆朝综合当时流传的各种"牡丹灯笼"故事，推出了《怪谈牡丹灯笼》，大受好评。小泉八云的《牡丹灯笼》亦在此基础上改编。

恶、其妻横死为怪等之事,以涉枝叶,略之。此事尝观于土佐某氏所画横卷,画间以和文录之,然生死后皆省之。孝助复仇、伴藏为贼等之事,恐圆朝氏添蛇足也。

高秀才

升平校有高秀才者，镇西藩士某氏次男，以乡党有神童之称，父特宠爱焉。妙龄，从父来江都，入黉①就学，涉猎百氏，务作诗文。适遭母患，归乡居半岁，再入都，寄寓族某家。尝闻上下野州之胜，将游于日光、赤城、妙义诸山，遍跋涉丘壑，以为作文之资。

时属秋杪，溪水澄清，茑萝染红，洵讨幽②之好时节也。乃自携锦囊，白袜青鞋，意任行，至神庙佛阁、城趾营迹，或记焉，或赋焉，雕章镂句，好用险韵，自以为虽李杜韩柳，无以间然矣。汗漫③半月，归途将过足利，诣孔庙，

---

①黉：古代称学校。
②讨幽：寻访幽雅胜境。
③汗漫：形容漫游之远。

且一览小野篁①修学之地。误入歧路，行出田塍，退入树林，愈往愈迷，遂入山中。彷徨多时，日既暮矣，忽有一老人，身缠蓝缕、首戴破笠，草鞋藜杖，伛偻徐徐而来。生近，问前路，语稍不逊，老人不顾而去。生以为聋也，疾行，大声问之。老人瞋目曰："子误入邪径，今欲求正路，盍厚辞修礼而问？反倨傲鲜腆，奴仆视行人，此所以余不对也。"生服其有理，乍谢过，恳请教。老人和面曰："子所志甚不近，又路狭隘，高低荦确②，暗夜安得到焉？不如待明而去。不厌卑湿③，来余庐，足以遮雨露。"生喜，相随行，屈曲④数十町，暗云掩星，咫尺叵辨。

夜半，渐抵其庐，土阶槁席，裁足容膝；地炉土鼎，焚榾柮⑤取明尔。老人谓生曰："子游于名山胜地，有所得诗文，请示之。"生窃以为田野卑夫，虽少有口才，安得解余作？乃解囊，出平素所作数篇示之。老人眼光炯炯，通读甚疾，卷而抛地曰："吁！秽我眼矣。"以巾拭面曰："轻佻纤靡之诗，模拟⑥剽窃之文，见闻不博，考据不精，乖误庞

---

①小野篁（802~853）：日本平安时代杰出的汉诗文作家、歌人，曾任遣唐副使。
②荦确：怪石嶙峋。
③卑湿：地势低下潮湿。
④屈曲：曲折。
⑤榾柮：截成一段一段的木柴块。
⑥模拟：仿效。

杂，使人厌恶。子以是等之作，欲售名求誉，以夸于世耶？本邦幸不以诗文取人，设如汉土，入场遇试，若子者不第必矣。"乃一一举其误谬，且正引据不精者。生惊骇，满面来红，两腋流汗，如醉如醒，思穿地而入。老人又嗟曰："子以有些学才，妄轻侮俗辈，动辄骂古人，若此病不除，终身不能进道达志，犹今宵迷途，入于草莽荆棘之中尔。自今以后，断骄慢之心，去邪思之念，谦逊屈抑，以勤修身之学。如空诗浮文，徒费贵重光阴已。雕虫篆刻，丈夫所不为。子盍思之，但学成业遂，有余力则为之，亦无害耳。凡卒学问之业，以盖棺之时为期。世间无限之书，以有限之寿，焉得卒业哉！闻西洋教人，有课课卒业之制，是寻常之学，固非炉冶博识、多通之才也。以不卒其业通其学，不能与常人齿列也。今子未通一课之学，未得为恒人①，反欲以微艺夸于人，误之甚者。夫旅人误途，误之尤小者；如子误修学之道，误之殊大者也。退而不省其私，其或陷无底之壑，子请熟思焉。"生唯俯伏，如以巨石压一身，不能仰视面。少焉，鸦声遥过，天将明，抬首见之，老人既去矣，而屋舍与前夜异，顾见身在一佛寺后庑。生益惊，出而观之，则为金刚山中足利氏香华院也，距孔庙才数十武。

于是熟思老人警语，尽针砭心肠，惭羞赧颜，悔心始

---

①恒人：常人，一般的人。

生。乃诣孔庙，拜先圣及左右十哲像，复无一肖老人者。生以为畴昔①之夜警我者，得非小野公神灵，假化老人教诫我欤！自是，生益研精。又积数年，遂为其藩教官云。

---

①畴昔：往昔，日前。

狸 怪

萨藩①之士某,奉主命,夜过小田原驿。四夫舁一舆,轧轧急行,将抵酒匂,一夫滚然而倒,三夫亦弃舆走。某骇,开舆窗见之,路傍有宫装一女,长丈余,面如斗,开巨口,以铁酱染齿,见某辗然而笑。某坐舆中,徐钻燧吹烟,少间见之,杳不见其形,只视老狸在叉树上,微动其尾耳。某拔刀斩之,应手毙。乃唤舆夫示之,携而去。

宽仙子曰:"狐狸之惑人,遇豪杰之士,则不能施其术。怯夫之见怪,皆是神经之病,自作之,自见之耳。"

---

①萨藩:指江户时代的萨摩藩,位于九州西南部。明治维新中成为倒幕派的主要力量之一。

宗像神祠

信州南佐久郡有宗像神社，神酷爱小儿，所祈必有验焉。于是患痘疮、麻疹、惊风诸病者，远近争来，香华甚盛，而其所祀不知为何物也。

余游于信，亲拜其祠，问之村老，曰："文化①之初，儿童游于桑圃，得一奇石，大如拳，形似蛇蟠，携归，置之庭园，数年后觉稍大，众佥怪之。十数年后，愈膨胀，大等磨盘，众愈惊怪，遂为神，作龛祀之。尝祈小儿腹痛，立愈；祈头疮，速治。于是众犬吠声，四邻麇至②，鼓乐喧阗，旌旗覆野。山间幽僻之地，至于开酒肆、连茶店，盖亦阖村之幸福也。明治之初，一朝砉然龛破，掌祠者大惊，视之，石益肥大，庞然如卧牛，将溢祠外，因造一大龛，镵扃

---

①文化：日本光格天皇年号，时在 1804 年至 1818 年。
②麇至：群集而来。

覆体，又修其祠，于今六十余年。三作龛云。"

余曾治庭园，种树移竹，置灯龛，设漱盘，掌大之地，颇添幽趣。一日，芝山某寺僧来过，见园曰："漱盘之下，石未全具，为子贻两三个。"余谢其厚意。翌，佣壮夫二人，使借车取之。忽还报曰："得石来矣。"余喜出室，问石何在？一夫探怀，出拳大之石三个。余讶问，寺僧所贻岂是石乎？曰："然，此加茂川所产，宜置漱盘之下。"余意不酷满。他日，僧又来，余曰："所赐之石稍觉小，欲少肥大之，不知何以培养耶？"曰："祈宗像神。"

续黄粱

庐生邯郸之梦,为千古警谈;庄周蝴蝶之梦,谓物化之理。盖人世如大梦,梦中又梦,彼栩栩然、蘧蘧然者,未可知周之为蝶耶?蝶之为周耶?退而省之,往事若梦,将来亦莫非梦。"半夜十年事,一时到心头"①,十年亦一瞬间耳。黄粱未熟,荣枯浮沉在于其间,非复可怪也。

松山孟仁、梅园仲智、竹村季勇皆镇西书生,初学同黉,盟为义兄弟,共卓荦不羁,豪纵恣志。偶遇明治鼎新之秋,相俱谋曰:"边土陋乡,不能立身达志,徒与草木同朽,男儿所耻也。宜出大都,求青云之梯,极驷马连镳之荣。"三子同志,与偕负笈来东京,入某校修欧学。孟仁志文学,仲智学法律,季勇修兵法。揣摩有年,各卒数课,期

---

①此处引唐末杜荀鹤诗《旅舍遇雨》句:"半夜灯前十年事,一时和雨到心头。"

一蹴至伊吕召周①之地，所企望盖亦大矣。

适及溽暑休暇之时，三子相集，登于芝滨吞海楼，割鲜酌醇，各慰平日之劳。酒酣耳热，或论究理，或议政法，赏英赞佛，激谈高笑，傍若无人。时微风徐来，海波如熨，布帆远浮，闲鸥睡渚，总房诸山，历历如画。以为乘此连晴，驾轮船游欧洲，纵览龙动、巴里②城市，复足以舒怀，魂飞神驰，徒瞻望焉耳。时三子皆酩酊，欲借枕入于黑甜之乡。忽有一吏持简牍来，卑辞呈三子，且曰："廷议闻诸君之名，将充欠员，请遽来拜命。"启简见之，则为官召书。三子惊喜，急归寓，戴帽穿靴，着礼服诣阙。各授高官，赐月俸若干。

孟仁始为正院，准奏任，历仕小大书记官，进为敕任。于是构邸于番町，颇极宏壮，园庭树竹、喷水乱石之装，大约拟洋风。客堂书斋、门扉窗棂之巧，择都下良工做之。其他圆几方床、氍毹③帷帐之属，尽善尽美，无不一惊众目。邸成，娶一华族之女，容貌丽妍，才艺兼备。婢女数人，肥

---

①伊吕召周：商朝的伊尹辅佐商汤，西周的吕尚辅佐周武王，周武王死后，武王弟召公奭、周公旦辅政。四人皆有大功，后世因之并称，泛指辅弼重臣。
②龙动、巴里：伦敦、巴黎。
③氍毹：毛织的地毯。

马健仆称之。既退朝也，属官下僚，交来容悦，或称能，或誉才。代厮养苍头执事，聊遇喜怒者，至为终身荣辱。亲友相集，开盛宴、陈佳肴，粉白黛绿者，飘轻裾、翳长袖，或舞或唱，弦歌喧阗，有彻晓不息，三竿日升，始出温柔之乡。有献禽鱼者，有赠果糕者，珠玉锦绣、古画珍器之类，满堂充室。凡欲心者，无一弗得焉。而其威望权势，虽皇族无得而及。猗欤盛矣哉！

适爱儿患痘，颇罹难症，诸医尽疗，经旬不愈，夫妻懊恼，罢朝谢客，殆至绝寝食。病月余，百药不奏效，终为一朝之露。一家愁叹，伤神断肠。妻过悲叹，俄然昏乱神经，笑哭无时，或奔走门外，或操刀临井，欲自死屡。因佣数人，昼夜令护之。少得间，裂衣毁器，破席伤柱，一家几无完物。若此数月，贮畜大率罄矣。孟仁亦如狂，言语错乱，屡与上官争。一日议事，语涉暴慢，颇得嫌疑，廷议以狂放职，怅然归家。妻闻之，郁闷不堪，遂投井而殁。僮与婢谋，窃衣夌夜逃。于是负债如山，债主日来促。遂卖家屋什具，不足十之一也。一贫如洗，不能糊口，潜寄舅家计活。不能为商，不能为工，坐食数月，舅家亦厌之，少惠路费，令还故乡。行到户冢驿，病卧逆旅月余，囊亦尽。旅舍主无情，夺衣逐之。鹑衣一领，垢巾覆面，扶杖乞食。行攀函山，日已昏矣，欲宿无钱，两足生茧，不能进步，傍有一根，依根而憩焉。忽有蓝褛草鞋徐徐来者，踬石而仆，叫痛不能起。孟仁视而怜之，扶而起之，谛视，梅园仲智也。互相惊，因各话颠末。

先是①仲智仕司法省为判事，日月蹀进，忽为一局之长，裁剖精明，人以为神，众佥景慕焉。于是筑新居于下谷，广壮亦与孟仁相匹。一日卜暇，伴局中诸吏，赏花于墨水，饮于万芳楼。所宠唱妓阿梅、阿桃、阿杏，其他优人市川某、尾上某及樱川某、清元某、杵屋某等皆从焉，各呈艺斗技。酒将酣，忽有飞车来者，为柳桥舞妓阿竹，尝受仲智之宠久矣。是日，偶不与招，闻仲智在斯楼，率歌妓数名，唐突入筵，妒阿梅新宠，颇述怨言。仲智笑而优遇，以为妇女之常态也。阿竹不堪，强荐巨杯于阿梅。梅不好饮，坚辞之。竹不可，手把樽盛酒，溢浸衣。梅怒，掷杯中面，伤眉上，鲜血彩颜。众皆骇，优人遮之，与众谋和，事裁寝。于是演一新剧，竹忍痛弹弦，优人专为诙谐，使人绝倒解颐。仲智甚喜，多与缠头，更劝大爵，众皆沉醉。竹下楼，窃携利刀来，临归，斫梅。梅叫号，众又惊骇。竹为梅既死也，欲倒刀自杀，仲智捕其手夺刀，误伤竹左颊，竹亦仆。急招医疗二人，幸疵皆浅。仲智欲贿其父密蔽之，父奇货仲智在

---

①先是：在此以前。用于追述往事之词。

显职，颇贪多金，仲智不与，遂讼厅。以二人不能售艺生活，理不能避也，遂以数百金购其身；且以其父母失活路，乞若干金，又偿数金。于是大失名誉，贬转他县。

先是仲智裁判大贼，贼密以人赠重赂，案决为无罪。贼再见捕，严加拷掠，尽陈旧恶，为万死不能偿者，由是免职，纳罚金若干。遂携眷至阪府，讹姓名，为代言士①。居数月，有一豪商兄弟争产者，其弟依托仲智讼事，曰："事成，以千金酬之。"半岁不决，仲智不能计活，弟者裁惠之。既而讼败，弟出奔，仲智不能得金，益穷困。妻与奸夫走。时仲智抵神户，过三日归，家具一空，徒四壁耳。仲智怒且悔，而窘益甚，欲再到东京缘旧知求生计，夜逃阪府，孤影落魄，囊橐已空。忍饥，抵三岛驿，将倒不起。有一老婆，恻然怜之，且以为若死于兹，为累不少，因与饭食之，又惠数钱逐之。于是才续命跛行踽山，加之疥癣攻体，痛痒不可堪，五步一息，十步一憩，渐来此也。谈了歔欷流涕，潸然俱泣。

忽有一人，缠槁席、脊破笠，蹩蹩出于树间，乱发垢面，骨立如鬼。愀然曰："闻二兄细话，弟亦同浮沉者。"二人愕然，熟视则季勇也。

---

①代言士：律师。

先是季勇见召为陆军少尉，进为少佐，跻为大佐，自以为若建一大功，为将为卿亦容易尔。平生好棋，有暇则招好敌手，对局消闲。一日，开棋会于芝山馆，本因坊①诸子相集者三四十名。傍陈列盆栽，又煎茶，设书画，铜炉香鼎、文房华罽②之属，皆择海外之奇珍。其他舞妓歌僮数十名，劝酒扶兴，以极终日之欢。季勇乘醉与棋客白石生者，赌百金决战，彻夜连败，及数百金，悒悒不乐。翌称病，又延客，亦复输败，殆及千金，不能偿焉。借于三四亲友，仅偿半。偶西陲贼起，窃思建大勋时已至矣，所借皆约凯旋之日。于是率数队临阵，威望赫赫，勇气凌人，到处将士军卒慑然服其权势。至属官下僚，无举首谈者，自期一举蹂躏贼垒，尽歼丑类，无复有孑遗。进而指挥统兵，直破一垒，贼弃粮遗旗遁走。乃据险移阵，将卒来贺，为设宴劳士，军中欢诵，各倾大杯。季勇谓众曰："不出旬日，应平定。恨贼势羸弱，不能尽我俩耳。"因定策，期明日又拔一垒。此夜士卒醉倒，侮敌熟眠，稍怠警备。鸡鸣，炮声轰耳，愕然惊起，将备队御敌。敌鼓噪进，破栅乱入，兵卒四散，不能防御也。季勇惶骇，进退失据，遂为贼所缚，至军门将刎首。贼将曰："苟从我，赦死，为一方之将，否则行刑耳。"季

---

①本因坊：江户时代围棋四大家之首。
②华罽：毛织物。

勇沉思，死则止矣，若全命，复有待时偿罪。遂从贼军。无几，贼亡。幸以熟地理，潜取间道逃归，然以一旦抗官军，不得归旧里，暂蛰族家，避探侦。自知不能久潜匿，乃剃发，着僧衣，少诵梵呗，乞食边村。闻上行非常宽典，将再到东京依旧友，求食路。行过宇津谷，日暮足惫，坐树下憩，忽遭山贼拔刀而逼，将夺财。季勇固无一钱，具告其由。贼曰："无钱则脱衣而去。"季勇号泣乞怜，贼不可，令命徒夺掠，身边唯一犊鼻而已。裸体下山，拾路傍槁席，裁覆背，到人家，乞腐饭残羹，渐续命来此，卧路傍听二子之话也。

于是三人皆叹其薄命，悲泣数刻，复相谋曰："我曹恐不能再出于世，与其深山为饥狼之食，不如没江海，相共死也。"皆同其意。议已决，遂携手到小田原，彷徨行海边。适有空舟横岸，共乘之，出海中，且曰："死而漂着海岸，益遗耻也。不若没大洋，葬于巨鱼腹中之洁也。"因推橹而进。忽然飓风起，怒涛震荡，舟将覆。三子皆唱佛名，与俱跃入水中。潮入喉，苦甚，不觉发声，遽遽然梦觉，三人齐在吞海楼上。杯盘狼藉之中，相互茫然，冷汗濡衣。俱语梦中事，恍在眼中。追思往事，悚然毛孔尽起。孟仁谓二子曰："二君各家有余财，我亦有薄田数顷，俱非乏于衣食者，岂见缚微官，跋涉危机，远离故乡，遗父母之愁为哉！

且宦海之危险,孰若田庐之安逸;与其美衣腴食而苦于身,孰若布被淡饭以乐于心。噫!我归去已,二君以为如何?"二子亦豁然有所悟,俱同其意。自是转志,遽辞校各归乡云。

鬼神论（上）

天地之间，有人也者，耕而食、织而衣，造宫室、制器械，劈山填海，伸缩水火，使役禽兽。凡吸气禀生者，莫智于人矣。宇宙之间，有鬼神者，能主幽冥事，远知将来，洞察隐微，以行祸福。凡漠然无形者，莫灵于鬼神矣。

盖鬼神亦人也已矣。圣人、君子、豪杰之士，精魂不死，永留两间，守护国家，悯恤子孙，劝善惩恶，幽行赏罚，此之谓鬼神。然则圣人君子通乎鬼神者欤？曰："有形于明者，不能通于幽。鬼神本无形者，故不能为人事。鬼与人同道，而异其所主，故圣人不语鬼神也。"

盖上世之人，草衣木处，采而茹、掬而饮，智识未开，伪诈不行，全纯然天禀之智。是以不识不知，与天地神明相通，我神代之民是也。人智渐开，而神智渐衰，机智愈巧，而禀智愈灭，于是神人之间为一大关隔，不复得通，是为人世矣。

然则圣人君子豪杰之士，自开辟以来，几亿精魂，累累块块，森然填塞宇宙，万古不消灭者耶？曰："凡人畜，禀魂于天而生，还魂于天而死。生死之间，暂藉形而已，魂神安得消灭哉！"夫人之生也，犹水之为冰尔，污秽尘埃，显然固结；及于其死也，犹冰之为水，涓涓溶溶，流而入海，不复见痕迹也。后之子孙，祭祀其迹，畏敬其灵，奉戴其名，追慕其德，神亦不得不眷恋君臣父母夫妇昆弟，故有善则福之，有恶则祸之，代天以行赏罚，毫厘之微，无复遗焉。

岁月之迁渐久，景慕之情渐疏，神亦从而归，列御寇所谓："精神离形，各归其真，故谓之鬼。鬼，归也，归其真宅。"由之观之，死者归真，则生者假也。所以假形于造物者，人智之不及神智者，以有真假之别也。且夫神之为字也，从示从申。以事示人，曰示；申，伸也。所以伸示人也。神不言，以祯祥妖孽伸示人，故圣人有疑，决之卜筮。禽兽之智固非过于人，然无机巧，无伪诈，全纯然天禀之智，是以鬼神凭依以告之。然屡窥之，屡窃天机也。世传解阴阳者为鬼所嫉，窃神之所主也。

呜呼！神与人既为关隔矣，欲强知之则惑也。朱子曰："不惑于鬼神之不可知，知者之事也。"① 先贤所不道，后世可得而论哉！

---

①见朱熹注《论语·雍也第六》："专用力于人道之所宜，而不惑于鬼神之不可知，知者之事也。"

鬼神论（下）

世之说鬼神者，喋喋嚚嚚，燥唇烂舌，然未能审其事，才以理论焉耳。何以不能知之？曰："目不能见焉，耳不能闻焉也。"以其不能见闻焉者，欲以理明之，理亦无可准耳矣。孔子之圣，唯曰："其为德，盛矣乎！"又曰："阴阳不测之谓神。"

夫人为万物灵，圣人则灵中之灵，而圣人不能知将来，故灼龟卜之。龟之为物，藏于溪壑，潜于深水，素远于人者。今为灵中之灵者，欲借蠢然水族之智，而知吉凶祸福，可怪也欤！且夫燕避戊己，鹊背太岁[1]；鲤鱼吞铁钩，俟洪水而索蒜；鸦食河豚，入人家而啄燕矢，此事谁教之得知

---

[1]燕避戊己，鹊背太岁：戊己，土煞。《选择求真》卷九："故燕作巢，避戊己方，蜂逢戊己日不出，禽物尚不敢犯，而况于人乎！"太岁即木星的神格。中国民间传说岁星运行到哪里，相应的方位下就会出现太岁的化身，在此处动土，会惊动太岁。鹊知太岁之所在，《博物志》云："鹊窠背太岁。"

焉？伏羲之明，非画八卦不能通神明之德；神农之智，非尝百草不能识能毒之功。禽兽虫鱼，则生知之，至经千百岁，虽麋鹿狐狸，亦能通神明幽，而人则不能也。

闻世有仙人者，栖高山大壑人迹不到处，绝五谷，去六欲，吸气尝脂，以得千岁之寿，通幽冥之事。余虽不知其有无，果如此，则远于人者。远于人，则不得不近于神，此其所以通于幽也欤。夫人者灵于明者，鬼神则灵于幽者，明与幽固殊其途，犹水火不兼容尔。神本无形，故其灵不可测。禽兽与仙人未能脱形，虽通神，才窥其藩篱耳。若至脱形，即神而已矣。夫鬼神阴也，人者阳也，阴与阳不得相接。今欲阳人而知幽神之理，犹热中得冷，炭里求冰，固理之所不能也。圣人业知此理，故以远于人者，探幽理，龟卜蓍筮是也。然阳人之不知幽神者，则天之所赋。欲强知神理，则亦戾于天理。若彼京房、郭璞①等，能解阴阳，终身不得官禄，而多罹灾害，此以强探幽理，妄泄天机也。然则阳人者，不知幽神之理为常，世之说鬼者，皆渺茫荒惑，不可摸捉之论，徒费无益日支，秃笔穿砚，一无得焉已矣。

---

①京房（前77~前37），西汉学者，详于灾异，开创京氏易学。其以卦气、阴阳灾异推论时政，被捕下狱处死，年仅40岁；郭璞（276~324），两晋时期文学家、训诂学家、中国风水学鼻祖，精天文、历算、卜筮，以卜算不吉为由劝阻王敦谋反，遇害。

呜呼！鬼神之理为不知，是知也。君子行道，不愧于屋漏，何媚鬼神为？若又欲强知其理，不如为鬼。未能为鬼，而徒说鬼理，惑亦甚矣。童子在傍曰："鬼神之不可知事，既闻命矣，敢问若彼佛菩萨、梵天龙神，及天帝玉皇，且我天七地五八百万神，真有其人然乎？"曰："是皆古典所载，余安知其有无哉！古人有言：'天下事固不必实有其人，人灵之则既灵焉矣。人心所聚，物或托焉耳。'[①] 由是观之，若鲍君、李君，人灵之则自有灵验矣，矧于神佛英雄塑像乎！然同体同形而有灵与不灵者，由于人心聚与不聚，固不关其人有无也。且闻星质本与地球同一土块耳，为之祥则祥矣，为之孽则孽矣，为牛为女，皆人所名，而灾祥祸福亦人所招，星与地相隔几百万里，岂关地上琐事者哉！"

　　童子唯唯而退，乃作《鬼神论》。

[①]出自《聊斋志异·卷十一·齐天大圣》。